Entretien d'un philosophe avec Madame la Maréchale de ***

DIDEROT

Entretien d'un philosophe avec Madame la Maréchale de ***

PRÉSENTATION

NOTES

DOSSIER

par Jean-Claude Bourdin et Colas Duflo

GF Flammarion

ISBN : 978-2-0812-2002-7

Présentation

Imaginez une bonne dame dévote, à qui on a toujours dit que les athées sont des gens dangereux, qui nient l'existence de Dieu et les principes de la religion, et que rien ne retient de commettre les pires crimes puisque la peur du châtiment divin ne les contraint plus à obéir aux lois morales. Imaginez que cette dame soit obligée, par les circonstances diverses de la vie en société, de recevoir dans son salon un philosophe, athée de notoriété publique ; un personnage déjà arrêté et emprisonné, par le passé, pour avoir publié la *Lettre sur les aveugles* (1749), dont même le premier livre, les *Pensées philosophiques* (1746), a été condamné à être « lacéré et brûlé comme scandaleux et contraire à la religion et aux bonnes mœurs » ; un des responsables de cette *Encyclopédie* si douteuse qu'elle a été condamnée en 1752, puis suspendue par le Parlement et mise à l'index par Rome en 1759, après avoir été dénoncée à longueur de pages par des périodiques comme *La Religion vengée* ou des auteurs bien-pensants comme Abraham Chaumeix ; un individu présenté comme un des chefs de file de la secte des *Cacouacs* (du grec *kakos*, méchant) et dénoncé sur la scène des théâtres sous les traits du fourbe Dortidius par Palissot dans une pièce à gros succès de scandale, *Les Philosophes* (1760) ; bref, pour paraphraser un autre titre de Palissot, un *homme dangereux*.

La situation n'est pas improbable. Il a dû arriver souvent à Diderot, dans une période où l'irréligion est un crime et où la majeure partie des personnes éclairées pensent qu'on a raison de condamner les impies, de rencontrer de braves gens que l'odeur de soufre censément répandue par les athées effrayait. Sans doute est-ce plus ou moins le cas en Hollande, où sa réputation l'a précédé, où il séjourne quelques mois, en 1774, à son retour de Russie, et où il écrit ce dialogue. Peut-être est-ce le cas à Paris, en 1771, lorsqu'il négocie avec le maréchal de Broglie l'achat d'une collection de tableaux pour l'impératrice de Russie, Catherine II, circonstance qui a pu servir de prétexte à l'écriture de l'*Entretien d'un philosophe avec Madame la Maréchale de* ***.

Il y a là une forme d'injustice de la réputation, dans la mesure où Diderot s'est précisément attaché à montrer, dans tous les textes qu'il consacre à la question, que ses positions philosophiques permettent de fonder une morale naturelle, et où il a pris soin de se distancier du relativisme moral d'un La Mettrie et, en matière picturale par exemple, de célébrer la peinture morale de Greuze et de condamner le libertinage sans valeurs des héritiers de Boucher. Mais c'est une injustice que Diderot peut comprendre dans la mesure où lui-même, dans un texte de jeunesse non publié, *La Promenade du sceptique* (1747), avait laissé entendre qu'un individu libéré du frein de la religion pourrait, s'il avait la garantie de n'être pas puni par la société, commettre les pires crimes en étant cohérent avec lui-même. C'est d'ailleurs sans doute, à l'époque, un des éléments qui ont fait hésiter le jeune Diderot dans son incroyance. En 1774, les positions de Diderot à l'égard de l'existence de Dieu sont établies autant qu'elles peuvent l'être, là n'est plus la question. Mais le problème de la cohérence d'une position qui prétend maintenir une norme morale en dehors de toute référence religieuse mérite encore d'être posé, ne serait-ce que pour la confronter à l'opinion commune en la matière.

Religion et morale

La question essentielle débattue dans ce dialogue est donc celle du rapport de la religion et de la morale. Les termes du problème sont simples : la morale peut-elle se passer d'un fondement religieux ? Les devoirs des hommes en société peuvent-ils être respectés s'ils ne passent pas pour émaner d'une source sacrée, d'une origine absolue et absolument respectable et sainte ? Sans Dieu, quelle force pourrait contraindre les hommes à être honnêtes, à respecter leurs engagements, à faire le bien, ou sinon à s'abstenir de faire le mal ? La forte emprise du christianisme et plus précisément du catholicisme en France, lié étroitement au pouvoir royal et aux institutions politiques et judiciaires, rendait cette question particulièrement grave. Il ne s'agissait pas de discuter des croyances privées du for intérieur, mais de s'assurer de la conformité des comportements publics avec les articles de la foi catholique défendue avec sévérité par le pouvoir.

Au XVIIIe siècle, l'opinion dominante est qu'un athée ne peut être vertueux et qu'il ne peut être qu'un dangereux asocial. Locke, par exemple, dont l'*Essai sur l'entendement humain* a influencé tous les penseurs du siècle des Lumières, exclut les athées (et les papistes) des bénéfices de la tolérance civile car ils sont censés être incapables d'un serment et donc d'un contrat [1]. Pour Rousseau, qui fut un temps très proche de Diderot, le souverain peut bannir de la société l'athée, « non comme impie, mais comme insociable, incapable d'aimer sincèrement les lois, la justice, et d'immoler au besoin sa vie à son devoir [2] ». Pourtant, Pierre Bayle avait osé affirmer dans les *Pensées diverses sur la comète* qu'une société d'athées était possible : « Elle se ferait des lois de bienséance et d'honneur [3]. » L'opinion de Bayle était suffisamment audacieuse pour passer longtemps pour un paradoxe qu'il était prudent de réfuter. Mais elle posait la question de la relation entre les croyances religieuses et la moralité des comportements qui est au cœur de l'*Entretien*.

1. Voir Locke, *Lettre sur la tolérance*, éd. Jean-Fabien Spitz, GF-Flammarion, 1992, p. 206.

2. Voir Rousseau, *Du contrat social*, IV, VIII, éd. Bruno Bernardi, GF-Flammarion, 2001, p. 178.

3. Voir Pierre Bayle, *Pensées diverses sur la comète*, éd. Pierre Rétat, Librairie Nizet, 1984, tome II, § 172. Voir également les § 133 et suivants. Voir DOSSIER, textes n° 3, p. 78 et n° 5, p. 93 pour la position de d'Holbach.

Tel est le point de départ de l'*Entretien*[1] : la maréchale s'étonne que « monsieur Diderot » dont la réputation est celle d'un incroyant se comporte et s'exprime comme un honnête homme. Elle suppose donc non seulement que la croyance fonde les actions bonnes, mais qu'il ne peut y avoir de morale que conforme aux valeurs morales comprises dans la croyance religieuse. Le début de l'entretien met ainsi en scène un malentendu fréquent au XVIIIe siècle et durable aujourd'hui encore, selon lequel les valeurs morales ne peuvent être fondées que religieusement ou théologiquement. Ainsi l'athée dont la conduite est conforme à la morale sera-t-il accusé d'être inconséquent : « Si vous n'êtes ni voleur, ni assassin, convenez du moins que vous n'êtes pas conséquent », réplique la maréchale à Diderot (p. 38).

Diderot commence par déplacer la question du fondement ou de la source des obligations morales pour lui substituer une discussion qui se place sur le terrain de l'intérêt. Quel intérêt y a-t-il à faire le bien, à suivre la morale commune, bref, à être vertueux, si on ne croit pas en Dieu ? La maréchale suppose selon l'opinion commune qu'il est nécessaire d'avoir un puissant motif pour faire le bien, puisque cela implique de faire violence à notre nature mauvaise, spontanément portée au vice : « Est-ce que l'esprit de la religion n'est pas de contrarier sans cesse cette vilaine nature corrompue [?] » (p. 41). Ce motif, c'est la récompense des

1. Nous présentons dans cette introduction les thèmes majeurs de l'*Entretien*. Pour un commentaire philosophique continu de ce dialogue, voir Colas Duflo, *Diderot philosophe*, Honoré Champion, 2003, p. 381-396.

vertueux ou le châtiment des méchants après la mort. Ce qui suppose la croyance en l'immortalité de l'âme, donc en sa nature spirituelle, radicalement différente de celle, matérielle, du corps. On voit que la question de la morale emporte avec elle toute une métaphysique et une anthropologie qui ressurgira dans le dialogue mais reste pour le moment à l'arrière-plan.

Croyance et intérêt

Pourquoi est-il habile de placer la discussion sur le terrain de l'intérêt qu'il y a à croire ou à ne pas croire ? D'abord parce qu'à l'époque presque tout le monde, les athées comme les croyants, adoptent l'idée que nous agissons en fonction de ce que nous jugeons nous être utile[1]. Alors que La Rochefoucauld, profondément marqué par le pessimisme augustinien, soulignait la présence dans nos pensées et volontés de la puissance de l'amour-propre et des ruses de l'intérêt, le siècle suivant accepte et dédramatise cette idée en faisant de l'intérêt un invariant naturel des comportements. Ce qui compte, c'est sa fonction et son rapport à la raison. Lorsque la maréchale demande « que gagnez-vous donc à ne pas croire ? » (p. 38), Diderot place d'emblée le dialogue sur un terrain qui est devenu commun aux croyants et aux incroyants.

La deuxième raison est que, si cette idée est devenue courante dans l'apologétique, elle peut être utilisée avec davantage de profit par la pensée rationaliste, critique

1. Voir Guy Besse, « Philosophie – Apologétique – Utilitarisme », *Dix-huitième siècle*, n° 2, 1970.

et agnostique. Pour elle, la recherche de l'utile n'exprime pas les exigences d'une nature corrompue, mais le principe de tout ce qui existe. C'est pourquoi on peut tenir l'intérêt pour le critère principal de nos évaluations morales. Exprimant un rapport réussi entre les aspirations d'un être vivant et les objets qui le satisfont, l'utilité peut et doit être appréciée concrètement dans l'expérience sensible et sociale : l'intérêt fournit à une morale laïcisée et *a fortiori* matérialiste son principe, compris et expérimenté dans l'immanence des relations sociales. Diderot est assuré de donner un tour favorable à l'entretien en laissant habilement la maréchale formuler une définition du bien et du mal admissible par tous : « Le mal, ce sera ce qui a plus d'inconvénient que d'avantage ; et le bien, au contraire, ce qui a plus d'avantage que d'inconvénient » (p. 42). Grâce à cette définition qui fournit aussi un critère de comparaison, il sera possible de dresser la liste des maux engendrés par la religion et de laisser la place à la définition d'une morale sans religion. Mais avant d'en arriver là, le recours à « la raison d'intérêt » présente un autre avantage. En effet, il se pourrait que l'idée de Dieu soit nécessaire, indépendamment des éventuels avantages ou des ravages des religions positives.

L'*Entretien* propose une version vulgarisée du pari par lequel Pascal[1] s'est proposé de rendre sensible

1. Cette version populaire du pari pascalien énoncée par la maréchale ne signifie pas qu'elle est janséniste. Elle s'en défend p. 57. Elle reflète la façon dont l'argument du pari est compris et déformé dans un XVIIIe siècle imprégné par la pensée utilitariste.

cette nécessité de croire dont l'évaluation repose justement sur des raisons d'intérêt [1]. Pascal part de l'idée que selon les lumières naturelles, « s'il y a un Dieu, il est infiniment incompréhensible, puisque, n'ayant ni parties ni bornes, il n'a nul rapport à nous. Nous sommes donc incapables de connaître ni ce qu'il est, ni s'il est [2] ». La raison ne pouvant rien déterminer touchant Dieu, ni son existence, ni sa nature, ni non plus sa non-existence, il ne reste qu'à faire le saut de la foi, c'est-à-dire à choisir pour ou contre l'existence de Dieu. Les croyants pour leur part ont déjà fait ce choix. C'est du reste ce que leur reprochent les sceptiques et leurs alliés, les agnostiques et les athées : « Ils aiment mieux hasarder un choix que de n'en faire aucun ; se tromper que de vivre incertains [3]. » Mais, répliquerait Pascal, la question n'est précisément pas celle du choix éclairé. Il s'agit de « parier. Cela n'est pas volontaire, vous êtes embarqués. […] Vous êtes dans la nécessité de jouer [4] ». Le pari est bien autre chose qu'un raisonnement dialectique qui tire du « pour » et du « contre » des raisons pour admettre une conclusion. Il consiste en une expérience qui met en jeu la totalité de l'existence : il y va ultimement de notre béatitude, c'est-à-dire de tout ce qu'il y a pour nous de plus propre et de plus cher et qui est, par ailleurs, menacé du fait de notre nature pécheresse, de

1. Voir Pascal, *Pensées*, fragment 233 éd. Brunschvicg, 418 éd. Lafuma, 397 éd. Le Guern. Nous citons l'édition Brunschvicg, GF-Flammarion, 1976. Voir DOSSIER, texte n° 2, p. 74.
2. Pascal, p. 75.
3. Diderot, *Pensées philosophiques*, § XXVIII, éd. J-C. Bourdin, GF-Flammarion, 2007, p. 73.
4. Pascal, *ibid.*, p. 75.

notre « misère ». Soit, mais puisqu'il s'agit d'un pari, il faut mettre en balance ce que nous mettons sur la table et ce que nous escomptons gagner, étant entendu que, si nous ne gagnons pas, nous perdons notre mise et que, si nous gagnons, nous la récupérons augmentée du gain du jeu. Résumé sommairement, le pari de Pascal se présente ainsi : nous engageons notre béatitude, car nous voulons par nature fuir l'erreur et la misère, sur le choix que Dieu est. Que risquons-nous ? Pas grand-chose. Car si Dieu est, nous gagnons tout et s'il n'est pas nous ne perdons rien. Donc nous devons gager sans hésiter qu'il est. Ou plus exactement, en pariant sur l'existence de Dieu, nous parions sur « une éternité de vie de bonheur », autrement dit nous avons joué une vie, la nôtre, finie, misérable, incertaine, contre « une infinité de vie infiniment heureuse ». Voilà pourquoi « il n'y a point à balancer, il faut tout donner [1] ». Ce qui nous retient ici n'est pas le raisonnement sous-jacent au pari qui repose sur un usage du calcul des probabilités. Pas davantage le fait que ce n'est qu'après sa mort que l'homme saura s'il a eu raison de « tout donner » à Dieu ici-bas, ce qui arrache le pari pascalien à un étroit calcul utilitariste. Si le pari de Pascal hante les premières pages de l'*Entretien*, c'est qu'il est contraint, par sa nature de jeu de hasard, d'utiliser un lexique utilitariste : gain, perte, rapport entre l'engagement et le gain, calcul entre les chances de gagner, espoir, etc., et que la maréchale, comme beaucoup d'autres, y retrouve, plus ou moins consciemment, son idéologie spontanée, et profondément profane. Pascal avait fourni des armes pour le

1. *Ibid.*

recours à un argument utilitariste, mettant en balance le fini, dont nous sommes incertains s'il comporte plus de gain que de perte, et l'infini : « Il y a le fini à hasarder, où il y a pareils hasards de gain que de perte, et l'infini à gagner [1]. »

Diderot, en engageant la maréchale à justifier son attachement à la religion et sa croyance en Dieu par le recours à une relation d'échange, fait voir que derrière les dogmes et le culte, jouent des motifs d'intérêt qui se réduisent à des considérations fort peu transcendantes. Il peut alors, lui l'incroyant, se donner le luxe de rappeler qu'on pourrait croire de façon désintéressée, comme le soutenaient Mme Guyon et Fénelon [2].

La morale de l'incroyant

Mais comment un athée peut-il de son côté expliquer qu'il se conduise comme un honnête homme ? La réponse de Diderot comporte trois éléments, l'un qui renvoie à la nature, l'autre à l'éducation, le dernier à l'expérience [3]. On voit le bénéfice de cette réponse :

1. *Ibid.*, p. 77.
2. Voir ci-dessous p. 38 et la note 1.
3. Le caractère, l'éducation et l'expérience comme explications de la vertu renvoient à la conception aristotélicienne de la morale qui est ici opposée à la conception chrétienne du péché et aux philosophies spiritualistes de la volonté libre. On notera que Diderot laisse dans l'ombre la question de savoir dans quelle mesure ce fondement de la morale peut être généralisé à l'humanité entière. Il se peut que quelques individus soient mal disposés par nature, tels le personnage du *Neveu de Rameau* qui admet n'avoir pas la fibre morale, et surtout, il est évident que certains sont mal éduqués ou amenés par leur histoire ou la société dans laquelle ils vivent à devenir méchants.

non seulement l'incroyant est moral, mais il a des raisons ou des causes pour l'être, moyennant quoi il se montre conséquent. Par nature, « on peut être si heureusement né qu'on trouve un grand plaisir à faire le bien » (p. 40) : il y a des hommes qui trouvent par une disposition naturelle du tempérament du plaisir à bien agir, à faire du bien à leurs semblables. L'éducation est nécessaire pour fortifier « le penchant naturel à la bienfaisance » (p. 40) en traduisant le tempérament en principes rationnels, et enfin l'expérience apprend, par la fréquentation des autres, vertueux ou vicieux, « qu'à tout prendre, il vaut mieux pour son bonheur dans ce monde être un honnête homme qu'un coquin » (*ibid.*). L'expérience confirme aux yeux de l'incroyant sa nature et ce qu'il a acquis par l'éducation : il a intérêt au bien. La nature, l'éducation, l'expérience acquise et soumise à la réflexion sont les trois causes qui nous nécessitent, en général, à faire le bien. On touche d'ailleurs ici à un aspect qui reste implicite dans ce dialogue : pour Diderot, qui ne croit ni à la liberté humaine, ni à une âme spirituelle, c'est toujours la combinaison de ces trois facteurs qui nous détermine entièrement. Enfin, au-delà des dispositions individuelles à la vertu, Diderot fait reposer la morale sur un système politique. Il faut que les lois civiles s'arrangent pour lier étroitement « le bien des particuliers [...] avec le bien général » afin « qu'un citoyen ne puisse presque pas nuire à la société sans se nuire à lui-même » (p. 50). Ce système consiste à composer les intérêts individuels avec les intérêts de tous selon une philosophie utilitariste de la vie sociale qui est suffisante pour sanctionner la vertu et la méchanceté par des récompenses et des châtiments civils, et qui rend superflue toute crainte de l'enfer.

Une telle conception politique et morale suppose une idée affirmée dans d'autres textes de Diderot, selon laquelle, indépendamment des différences qui singularisent les hommes, il existe une nature humaine universellement définie par les mêmes besoins et les mêmes sentiments. Cette universalité explique que, pour Diderot, il existe une morale « générale et commune à toutes les nations » et qui se retrouve dans toutes les religions et tous les cultes (p. 49). Comme elle traduit une nécessité de la nature (« sa loi », dit Diderot), elle finit toujours par l'emporter sur les morales particulières à chaque religion et chaque nation que l'on ne suit en réalité jamais – parce que les religions particulières sont toujours fondées et soutenues par des exaltés qui édictent des commandements et des interdits qui ne peuvent convenir à la nature humaine sociable ordinaire. La « bizarrerie » de l'écart entre les opinions et les conduites des hommes naît du conflit entre ces deux morales. C'est cet écart, synonyme de l'inconséquence qui arrête la maréchale, qu'il faut maintenant expliquer.

Le rapport des opinions et des conduites

Comme on vient de le voir et comme le montre le cas de l'incroyant vertueux, la morale ne consiste pas à appliquer des préceptes énoncés par la religion. Cette thèse de Diderot, empruntée à Pierre Bayle [1],

1. Voir Pierre Bayle, *op. cit.*, § 135-136, 171 et 181. Voir également d'Holbach, Dossier, texte n° 6, p. 101.

vaut autant pour la morale individuelle que pour les mœurs d'une société. Elle peut se résumer par la notion d'« inconséquence » qui peut prendre deux aspects : « on croit, et tous les jours on se conduit comme si l'on ne croyait pas », « Et sans croire, l'on se conduit à peu près comme si l'on croyait » (p. 41). Le paradoxe apparent de cette dernière affirmation se dissipe si l'on se rappelle qu'il existe une morale universelle du genre humain ainsi que des lois civiles et pénales. Quant à la première, si on peut, comme la maréchale, la regretter, il vaut mieux en tirer toutes les implications. La principale est l'indépendance de la morale et des mœurs par rapport aux opinions religieuses. Cette indépendance est confirmée par les religions elles-mêmes. Ainsi les Grecs et les Romains, « les plus honnêtes gens de la terre », avaient-ils des dieux fort dissolus (p. 45). Les Anciens se conduisaient comme s'ils ne croyaient pas. Mais c'est au christianisme que Diderot va, comme il se doit, accorder plus de place.

Si l'on prend le Sermon sur la montagne [1] comme la présentation des vertus qu'il faut accomplir pour être vraiment chrétien, il est facile de montrer qu'il n'y a pas de chrétiens et qu'il ne peut y en avoir. Parce qu'il y aurait une grossière impolitesse à accuser la maréchale elle-même de se conduire de façon contraire à la morale chrétienne, Diderot lui parle d'elle de façon détournée en inventant une anecdote pour illustrer son propos : à l'une de ses voisines, belle et dévote, il demande si elle respecte les préceptes du Sermon du Christ et constate qu'elle ne le fait pas. La question particulière de la

1. Voir DOSSIER, texte n° 1, p. 67.

coquetterie rend la démonstration plus cruelle. Le philosophe (qui, pour sa part, ne blâme pas la coquetterie) fait voir à sa voisine qu'en s'habillant de sorte à éveiller l'intérêt et la convoitise des hommes elle contredit l'esprit de l'Évangile puisqu'elle soumet les hommes à la tentation et que, selon l'enseignement du Christ, la convoitise de la femme de son prochain est aussi condamnable que l'adultère consommé. Amenée à se justifier d'une telle inconséquence, elle en vient à minimiser les valeurs chrétiennes et les préceptes de sa religion qu'elle n'hésite pas à mettre en balance avec les exigences futiles d'un monde social corrompu (p. 48). Il est remarquable que ce soit l'incroyant qui fasse, ironiquement, à une chrétienne dévote une leçon de cohérence. Mais Diderot veut surtout montrer que l'obéissance à l'Évangile étant impossible, surtout dans une société où les rapports entre les femmes et les hommes sont tels qu'ils encouragent les premières à la séduction, l'écart inévitable entre la croyance proclamée et le comportement effectif nourrit la mauvaise foi. Maintenant que la question de la « conséquence » est réglée, Diderot peut délivrer une critique serrée de la religion chrétienne dont le motif est principalement moral : elle « avilit l'ordre des devoirs naturels et moraux, en le subordonnant à un ordre de devoirs chimériques » (p. 50).

Une critique de la religion

Indépendamment de l'impuissance de la religion à guider la morale et les mœurs, Diderot montre dans l'*Entretien* qu'elle est une institution néfaste. Le méfait principal d'une religion censée prêcher l'amour est de nourrir de violentes antipathies entre les nations, d'entretenir des divisions à l'intérieur des sociétés, d'introduire entre les particuliers les plus proches des haines fortes et constantes (p. 43). Sa nature conflictuelle provient de ce que, comme toute religion, elle repose sur « la croyance en un être incompréhensible, sur lequel les hommes n'auraient jamais pu s'entendre, et auquel ils auraient attaché plus d'importance qu'à leur vie » (p. 44). Diderot relève trois choses : l'idée de Dieu étant inintelligible, dépassant nos capacités naturelles de compréhension, requiert des interprètes. À partir du moment où l'on a considéré qu'il fallait expliquer la nature de ce Dieu et les rapports que les hommes devaient avoir avec lui, et énoncer les préceptes qu'il fallait observer pour être sauvés par lui, il ne pouvait que surgir des sectes différentes et concurrentes. Dès lors qu'on a persuadé les hommes que leur vie terrestre n'avait pas de valeur en elle-même et qu'il fallait la sacrifier au respect de préceptes absurdes et inapplicables parce qu'il y allait de leur salut, alors ils se sont investis dans les querelles théologiques et se sont engagés dans des guerres de toutes sortes. Enfin, par un renversement spectaculaire, l'incroyant suspecté d'être un asocial montre que c'est la religion qui est destructrice du lien social et plus généralement du lien du genre humain. Peut-être l'idée de Dieu est-elle l'invention d'un misanthrope qui, par haine de l'humanité, a trouvé avec la religion le moyen de diviser à tout jamais les hommes, de leur faire haïr leurs semblables au point de croire que les choses les plus indifférentes en elles-mêmes comme ne pas se découvrir au passage d'une procession, manger de la viande le vendredi ou endommager un crucifix sont des crimes dignes des châtiments les plus rigoureux, et de leur faire mépriser la vie même et tout ce qui fait le lien social naturel [1] ?

UNE MORALE SANS DIEU

Le personnage du philosophe, dans l'*Entretien*, n'expose pas les raisons qui fondent son athéisme, dans la mesure où il ne s'agit pas pour lui de convaincre la maréchale du bien-fondé de son incroyance. Il souligne précisément le fait qu'il n'est pas prosélyte. On peut néanmoins reconstituer sa doctrine, dont les éléments sont disséminés discrètement dans le texte selon les tours et détours de la conversation. Il s'agit d'un matérialisme athée. Le matérialisme tout d'abord est avancé dans de courtes répliques : la matière fait de l'esprit, les animaux sont des machines et les hommes des machines un peu plus perfectionnées que les autres, il n'y a pas d'âme au sens spirituel du terme qui connaîtrait des vicissitudes différentes de celles du corps (p. 54). Cette présentation paraît sommaire, mais dans un dialogue qui a pour enjeu la morale, on n'attend pas l'exposé détaillé d'un système philosophique – pour lequel au demeurant la maréchale ne manifeste pas d'intérêt particulier. Diderot a défendu ailleurs, de façon à la fois prudente et audacieuse, son matérialisme, toujours présenté comme un

1. On peut lire dans *La Religieuse*, au-delà de la critique des couvents, un tableau d'une partie des effets néfastes de la religion.

matérialisme méthodologique et conjectural[1]. En tout cas ce matérialisme se développe en une anthropologie et une morale dont nous avons déjà rencontré les aspects essentiels. Il ne fait donc pas de doute que l'on peut remonter de la théorie morale de l'incroyant au matérialisme qui la fonde.

En revanche il n'est pas évident que l'on puisse repérer ici aussi facilement une position athée. On peut être très critique à l'égard des religions particulières et à l'égard de leurs dogmes et soutenir le déisme qui fonde une religion naturelle. C'est du reste ce que Diderot a fait dans les *Pensées philosophiques*[2]. On peut aussi imaginer un matérialisme qui admette l'existence de Dieu : les épicuriens ne niaient pas la réalité des dieux – il est vrai que leurs divinités n'avaient guère de rapports avec les hommes. Qu'est-ce qui est requis pour être athée ? Comment procéder pour affirmer assertoriquement que Dieu n'est pas ?

L'attitude de Diderot consiste dans l'*Entretien* à évacuer toute question qui ferait de Dieu la possibilité d'une réponse. Attardons-nous sur cet échange :

> « – Mais ce monde-ci, qui est-ce qui l'a fait ?
> – Je vous le demande.
> – C'est Dieu.
> – Et qu'est-ce que Dieu ?
> – Un esprit. » (p. 53)

La première réplique de Diderot n'est pas une esquive, mais elle signifie que pour lui la question même de la création du monde ne se pose pas, et que

---

1. Pour de plus amples développements sur le matérialisme de Diderot, voir C. Duflo, *op. cit.*, p. 172-267.
2. Voir les *Pensées philosophiques*, éd. cit.

c'est à celui qui en fait un problème d'apporter une réponse et de faire face aux difficultés qu'elle entraîne inévitablement. Autrement dit, le matérialisme a définitivement écarté ce que la plupart des hommes considèrent comme une question angoissante : celle de l'origine ou de la création du monde. La question adressée à la maréchale, « et qu'est-ce que Dieu ? » consiste à la renvoyer aux difficultés de cette notion et à disqualifier l'explication qu'on en attendait. En effet, la réponse-Dieu présuppose que d'une réalité non matérielle puisse s'ensuivre une réalité matérielle. Or non seulement la chose est difficile à admettre car elle suppose une idée de la causalité tout à fait différente de celle que nous avons, mais si on admet que Dieu esprit a créé le monde matériel, pourquoi ne pas supposer plutôt que la matière fait de l'esprit ? Cette seconde supposition a pour elle l'expérience (« C'est que je lui en vois faire tous les jours », p. 54), en l'occurrence, comme le montre *Le Rêve de d'Alembert*, les processus de l'assimilation dans la digestion et le développement par épigenèse d'un être vivant [1]. Selon l'interprétation de cette expérience, l'existence d'un être vivant, sa croissance, et l'apparition chez l'homme des sensations, des sentiments, des organes de la pensée, des idées et des volontés n'ont aucunement besoin de faire intervenir un être spirituel. Par extension, il en est de même du monde. Dieu se trouve ainsi écarté parce qu'il est inutile. Si maintenant on rassemble les thèses matérialistes sur le monde, sur l'homme et sur la formation de ses sentiments moraux, on constate

1. Voir *Le Rêve de d'Alembert*, éd. C. Duflo, GF-Flammarion, 2002, p. 68.

qu'on a pu faire l'économie de Dieu : le terrain préparé par le matérialisme, y compris conjectural, rend le recours à Dieu superflu.

On le voit, Diderot n'a pas besoin de démontrer son athéisme. C'est qu'il sait qu'on ne peut pas davantage démontrer rationnellement que Dieu existe ou qu'il n'existe pas. Dieu relève d'une croyance et seulement d'une croyance. Cela ne veut pas dire que pour Diderot toutes les croyances se valent. C'est l'usage particulier que chacun en fait qui est la pierre de touche de leur valeur. Ainsi, pour la maréchale, la croyance en Dieu l'a-t-elle rendue meilleure, et en cela elle fait bien de la garder (p. 52). Alors que chez de sombres mélancoliques, elle produira fanatisme et intolérance. Mais il faut relever que c'est en vertu de sa bonne nature que la maréchale peut tirer de sa croyance des motifs de bien agir et d'être heureuse, et non à cause d'une adhésion libre aux dogmes de cette croyance. Son besoin de Dieu est aussi légitime que l'absence de cette croyance chez le matérialiste.

On ne peut expliquer autrement la différence des deux interlocuteurs devant la question de ce qui arrive après la mort. Pour la maréchale, davantage encore que la question de l'origine du monde, le sujet principal de ses préoccupations est « l'espoir d'une vie à venir » (p. 53), la question de savoir si on sera encore après la mort de notre corps, et au-delà, l'inquiétude à l'égard du Jugement dernier qui sera porté sur notre existence terrestre. Ce qui la différencie de Diderot, c'est que ce dernier fait preuve, selon elle, d'une « intrépidité qui [la] confond » (p. 56). En réalité, il ne s'agit pas tant d'un courage particulier que d'une

« tranquillité » d'esprit, comme elle le dit plus justement (p. 55), qui vient de l'assurance philosophique de n'avoir pas d'âme immortelle.

Enfin, on a compris que l'incroyance du philosophe n'est pas le résultat d'une décision libre, la marque d'une révolte ou la manifestation d'un refus de se rendre à des arguments ou à des faits, comme le seraient des prodiges. On n'est pas plus libre de ne pas croire que de croire. Et si on suppose que celui qui ne croit pas est victime de sa sottise, alors il n'est pas condamnable, puisque là non plus il n'est pas libre (p. 59).

Le retournement du pari

Il n'en reste pas moins que, théoriquement, dans l'abstrait, il est possible que Dieu existe. Mais il n'appartient pas à notre expérience de le savoir et on pourrait s'attendre à ce que Diderot refuse d'en parler. Diderot a toujours conservé, depuis ses textes de jeunesse, une règle sceptique de penser. Comme Montaigne, son modèle, il doit accepter de reconnaître qu'il n'a pas le droit de nier l'existence de ce qu'il ne conçoit pas. Le dernier moment de l'*Entretien* examine l'attitude de l'incroyant sincère et tranquille : que devient sa tranquillité d'esprit s'il doute, au sens d'être incertain de l'existence de Dieu ? En guise de réponse, Diderot invente une fable. Il était une fois un jeune Mexicain (p. 59) qui vivait au bord de la mer et se refusait à croire les contes que lui faisait sa grand-mère sur l'existence d'habitants au-delà de la mer, puisque ses yeux lui montraient qu'à l'horizon la mer touche le ciel. S'endormant sur une planche déposée sur le rivage et poussé par le vent, il finit par aborder une terre inconnue où il rencontre un vénérable vieillard. Celui-ci, qui connaît toutes ses pensées et toutes ses actions, lui pardonne d'avoir nié son existence et son empire : « Je vous le pardonne, parce que je suis celui qui voit au fond des cœurs, et que j'ai lu au fond du vôtre que vous étiez de bonne foi, mais le reste de vos pensées et de vos actions n'est pas également innocent » (p. 61). Le sens de la fable est assez clair : si Dieu existe, il ne peut, au nom de sa justice, tenir rigueur à celui qui sincèrement et de bonne foi s'est trompé sur Lui en niant son existence. Quant à ses fautes morales Dieu les jugera et les punira peut-être. En tout cas, comme le vieillard du conte, sa punition n'excédera pas les limites de sa bonté : il ne le plongera pas dans les tourments éternels. Les idées de justice et de bonté que nous accordons à Dieu ne diffèrent pas fondamentalement de celles qui ont cours parmi les hommes. On notera que cette fable insinue l'idée d'un Dieu omniscient mais chez qui la justice et la bonté limitent sa puissance, idée sans doute évangélique mais que le christianisme a oubliée, lui préférant celle d'un Dieu vengeur et rémunérateur, opérant par le biais de la peur et de l'ignorance. Grâce à cette fable, Diderot retrouve un « pari », mais dans un sens inverse de celui de Pascal : s'il y a un Dieu, il est juste et bon, et il pardonne à l'athée vertueux. D'où la justification d'une incohérence apparente, et cette fois pleinement assumée, en conclusion : « – Après tout le plus court est de se conduire comme si le vieillard existait. – Même quand on n'y croit pas. » (p. 63)

L'affirmation de l'indépendance de la morale par rapport à la religion est le résultat essentiel de ce dialogue. Il suppose d'admettre que la morale commune n'est pas fondée dans les commandements divins, mais dans la nature même de l'homme comme animal sociable et dans les formes de vie en société qui résultent de cette nature. Concernant la religion chrétienne, le dialogue comporte une critique portant sur ses méfaits dont le pire est sans doute de contraindre ses adeptes à des conduites antinaturelles et en définitive à l'hypocrisie. Enfin, la question de Dieu est réglée de façon subtile. Diderot ne livre pas l'exposé d'un athéisme philosophique, mais tout ce qu'il dit y tend. Le point doit être souligné car il permet de mettre en valeur le fait qu'il n'est pas nécessaire de nier l'existence de Dieu pour accepter la conception de l'autonomie de la morale par rapport à la religion défendue ici – en quoi Diderot participe à l'élaboration de la pensée laïque, à laquelle le kantisme fournira au XIXe siècle une doctrine plus compatible avec la bien-pensance républicaine. Toutefois, les doutes élevés contre l'existence de l'âme spirituelle capable de survivre après la mort, la conception matérialiste de l'homme juste esquissée, l'affirmation répétée que nous ne sommes pas libres dans nos choix fondamentaux, les critiques fugitives contre les dogmes de l'éternité des peines ou les plaisanteries sur les légendes des saints conduisent à rendre Dieu et la religion superflus.

Le plus intéressant concerne les rapports entre les deux protagonistes. C'est à juste titre que ce texte est intitulé « entretien » et non dialogue. En effet, il ne vise pas à conduire à un accord final après un examen serré d'arguments, il ne se propose pas de parvenir à une vérité ou à mettre en évidence des impasses de la pensée, comme chez Platon. À la différence des entretiens de Hume sur la religion naturelle, menés dans un esprit d'examen sceptique de différentes positions, celui-ci laisse finalement les choses en l'état : comme le dit explicitement la maréchale à Diderot : « Je ne sais trop que vous répondre, et cependant vous ne me persuadez pas » (p. 51) et Diderot lui-même ne sort pas changé par cette discussion. Quelle est alors la leçon de l'entretien ?

Il faut aller la chercher au-delà du contenu, essentiellement assumé par le philosophe, et analyser la tenue même du dialogue. Celui-ci ne fait pas s'affronter des abstractions par la bouche de personnages de convention. Le génie de Diderot est d'avoir mis face à face deux individus singuliers très différents, qui se rencontrent par hasard et dont la conversation, suspendue à la venue de monsieur le maréchal, s'engage sur la discussion d'un préjugé : qu'un homme qui ne croit pas à la Trinité est un vaurien. Il est animé par le philosophe incroyant qui s'adresse à une femme qui ne cherche pas à le convertir, de même qu'il ne cherche pas à la gagner à ses opinions.

À partir d'une rencontre singulière, il s'agit de montrer qu'une communication est possible entre une croyante modérément dévote et un incroyant, au fait des dogmes religieux et raisonnablement averti des pouvoirs limités de la discussion rationnelle en matière de conviction religieuse. Au-delà des oppositions philosophiques, il est possible de s'entendre, pour deux raisons. Premièrement, la critique philosophique, qui ne se limite pas à détruire, est capable de reconnaître le point de vue opposé au sien et d'en comprendre le sens. Pour cela, Diderot reformule le point de vue de la maréchale en donnant une signification profonde et, au-delà du cas de son interlocutrice, une interprétation généreuse, non réductrice et non polémique, de la croyance en Dieu. L'un des passages les plus forts de l'entretien est celui où Diderot, reprenant les mots qu'il avait écrits à l'impératrice Catherine II [1], explique au fond à la maréchale quel est le sens de son rapport à Dieu : le besoin d'imaginer la présence d'« un être grand et puissant, qui vous voit marcher sur la terre, et cette idée affermit vos pas. Continuez, madame, à jouir de ce garant auguste de vos pensées, de ce spectateur, de ce modèle sublime de vos actions » (p. 52). Loin de l'idée effrayante et incompréhensible du Dieu du christianisme qui contredit la nature, Diderot suggère une image non superstitieuse d'un être qui donne confiance et qui incite à se perfectionner, parce qu'il est bon (« il vous est doux ») de se le représenter ainsi. La maréchale fait sans doute partie de ceux « qui sont faits pour se délivrer de ces préjugés » (p. 52), mais elle n'en reste pas moins étrangère aux raisons du philosophe. Que ce soit ce dernier qui fasse la leçon à sa belle et dévote voisine sur la gravité qu'il y a pour une chrétienne d'être coquette, et qui instruise la maréchale sur un usage positif de la croyance qu'il lui attribue, voilà qui dresse le portrait inattendu d'un matérialiste incroyant.

On serait tenté de parler de tolérance, mais ce terme ne rend pas compte de ce qu'il y a de plus profond,

1. Voir ci-dessous, p. 52, note 1.

qui est la deuxième raison de la possibilité même de cet entretien : l'idée de Diderot, selon laquelle on n'est pas libre de croire ou de ne pas croire, n'est pas une arme de guerre philosophique, mais une voie possible de réconciliation avec ses semblables. S'il s'y ajoute la joie d'une heureuse rencontre, grâce au plaisir d'un échange sans visée stratégique, où le jeu des pensées se mêle à l'expression d'une honnête galanterie (« en quelque endroit que ce soit, je serai toujours très flatté de vous faire ma cour », p. 61), alors on peut parler d'une politesse ou d'une civilité de l'esprit, portant à son plus haut niveau une culture de la conversation qui donne l'image d'une autre vie commune possible, dans laquelle le développement d'une civilisation extrêmement raffinée est cependant harmonieusement accordé, en son fond, à la nature sociable de l'homme.

Jean-Claude BOURDIN,
Colas DUFLO.

NOTE SUR CETTE ÉDITION

Les biographes datent la rencontre avec la maréchale de Broglie, qui inspirerait l'*Entretien d'un philosophe avec la maréchale de ***,* de 1771. On suppose que Diderot a rédigé ce dialogue lors de son séjour à La Haye du printemps et de l'été 1774, à son retour de Russie. Dans une lettre du 13 septembre 1774 à Catherine II, il annonce : « J'ai ébauché un petit dialogue entre la maréchale de *** et moi » (in *Œuvres*, Robert Laffont, éd. L. Versini, t. V, p. 1258). En 1775, l'*Entretien* est publié, en deux livraisons, dans la *Correspondance littéraire*, une revue manuscrite envoyée à quelques grands princes européens, dirigée par Grimm jusqu'en 1773, puis par Meister. En 1777, Marc-Michel Rey, éditeur hollandais, fait paraître un curieux recueil attribué à Tommaso Crudeli (poète et libertin italien victime de l'Inquisition, mort en 1745) dans lequel se trouve, entre autres choses, le texte de l'*Entretien*, légèrement transformé : « Diderot » devient « Crudeli », la « maréchale » devient une « duchesse », et quelques variantes de détail viennent rendre vraisemblable la traduction de l'italien. Le manuscrit du fonds Vandeul, qui n'est pas de la main de Diderot, se fonde sur l'édition de 1777, et celui de Saint-Pétersbourg sur celui du fond Vandeul. (Nous remercions très vivement M. Roland Desné pour ses informations sur l'histoire du texte.)

Comme l'avait fait R. Lewinter dans son édition des *Œuvres complètes* de Diderot, nous reproduisons le texte de la *Correspondance littéraire* (les variantes les plus notables du fond Vandeul sont signalées en note sous la mention « var. »). Nous nous fondons sur le manuscrit conservé à la Staatsbibliothek de Berlin. Nous avons modernisé l'orthographe et laissé la ponctuation d'origine, sauf lorsqu'elle pouvait présenter une gêne pour la compréhension. Dans le manuscrit, tout le texte est présenté d'un bloc, sans alinéa. Conformément à la pratique courante aujourd'hui et pour alléger la lecture, nous allons à la ligne à chaque réplique.

Entretien d'un philosophe avec Madame la Maréchale de ***

par M. Diderot

J'avais je ne sais quelle affaire à traiter avec le maréchal de ***. J'allai à son hôtel un matin ; il était absent. Je me fis annoncer à Mme la maréchale. C'est une femme charmante : elle est belle et dévote comme un ange ; elle a la douceur peinte sur son visage ; et puis un son de voix et une naïveté de discours tout à fait avenant à sa physionomie [1]. Elle était à sa toilette [2]. On m'approche un fauteuil, je m'assieds et nous causons. Sur quelques propos de ma part qui l'édifièrent et qui la surprirent, car elle était dans l'opinion que celui qui nie la très sainte Trinité [3] est un homme de sac et de corde [4], qui finira par être pendu, elle me dit :

1. *Avenant à sa physionomie* : accordé à son visage.

2. *Être à sa toilette* : la toilette est un meuble contenant le nécessaire à la parure et à la coiffure d'une femme.

3. Dogme chrétien fondamental selon lequel le Dieu unique existe en trois personnes, le Père, le Fils et le Saint-Esprit. Les penseurs rationalistes se moquent souvent de ce qui est présenté comme un mystère incompréhensible. Voir *Addition aux Pensées philosophiques*, éd.cit., p. 165-166.

4. « On appelle [...] un scélérat, un homme de néant, un homme *de sac et de corde*. Ce proverbe vient du mot *sak*, qui chez le vieux

N'êtes-vous pas monsieur Diderot ?

– Oui, madame.

– C'est donc vous qui ne croyez rien ?

– Moi-même.

– Cependant votre morale est d'un croyant.

– Pourquoi non, quand il est honnête homme ?

– Et cette morale-là, vous la pratiquez ?

– De mon mieux.

– Quoi ! vous ne volez point, vous ne tuez point, vous ne pillez point ?

– Très rarement.

– Que gagnez-vous donc à ne pas croire ?

– Rien du tout. Madame la maréchale, est-ce qu'on croit parce qu'il y a quelque chose à gagner[1] ?

– Je ne sais, mais la raison d'intérêt ne gâte rien aux affaires de ce monde ni de l'autre[2]. J'en suis un peu fâchée pour notre pauvre espèce humaine. Vous ne volez point !

– Non, d'honneur[3].

– Si vous n'êtes ni voleur ni assassin, convenez du moins que vous n'êtes pas conséquent[4].

---

français, signifiait *forfait* et *sacha*, une peine ou amende judiciaire : ce qui venait du mot saxon *sach*, signifiant *procès* » (Furetière).

1. Cette question fait l'objet d'une violente querelle dans les dernières années du XVIIe siècle, qui oppose notamment Bossuet à Fénelon, à propos du quiétisme de Mme Guyon. Un amour de Dieu désintéressé (aimer Dieu pour lui-même), indifférent à la préoccupation du salut, est-il concevable et licite ?

2. De même qu'il n'est pas mauvais d'être intéressé aux affaires de ce monde, de même l'amour intéressé de Dieu (aimer Dieu parce qu'il est mon bien, en vue du salut de mon âme) n'est pas condamnable. La comparaison est un peu ironique, mais, sur le fond, c'est la position défendue par Bossuet.

3. *D'honneur* : je vous en donne ma parole d'honneur.

4. *Être conséquent* : agir conformément à ses principes.

– Pourquoi donc ?

– C'est qu'il me semble que si je n'avais rien à espérer ni à craindre quand je n'y serai plus [1], il y a bien des petites douceurs dont je ne me sèvrerais pas à présent que j'y suis. J'avoue que je prête à Dieu à la petite semaine [2].

– Vous l'imaginez.

– Ce n'est point une imagination, c'est un fait.

– Et pourrait-on vous demander quelles sont ces choses que vous vous permettriez si vous étiez incrédule ?

– Non pas, s'il vous plaît, c'est un article de ma confession [3].

– Pour moi, je mets à fonds perdu [4].

– C'est la ressource des gueux [5].

– M'aimeriez-vous mieux usurier ?

---

1. *Quand je n'y serai plus* : quand je ne serai plus de ce monde, quand je serai morte.

2. *Prêt à la petite semaine* : prêt dont le débiteur doit payer les intérêts, souvent très élevés, chaque semaine. Le texte continue à jouer sur le thème de l'intérêt. La maréchale se conduit bien en ce monde afin d'être en quelque sorte remboursée avec usure dans l'autre.

3. *Confession* : déclaration qu'on fait de ses péchés au prêtre catholique.

4. « *Fonds perdu*, ou *fonds perdus*, capital aliéné moyennant une rente qui s'éteint à la mort de celui qui a déposé le fonds. [...] *À fonds perdu*, se dit par plaisanterie en parlant d'une somme qu'on ne pense plus ravoir. Si vous lui prêtez, comptez que c'est à fonds perdu » (Littré).

5. Celui qui ne dispose pas d'une grande fortune place son capital à fonds perdus pour toucher une rente durant toute sa vie. Il ne reste rien après sa mort. C'est évidemment, quant à la question de l'âme, un des enjeux du débat sur l'athéisme. Le texte continue à jouer sur la comparaison des affaires matérielles et spirituelles.

– Mais oui ; on peut faire l'usure avec Dieu tant qu'on veut, on ne le ruine pas. Je sais bien que cela n'est pas délicat, mais qu'importe ? Comme le point est d'attraper le ciel, ou d'adresse ou de force [1], il faut tout porter en ligne de compte, ne négliger aucun profit. Hélas ! nous aurons beau faire, notre mise sera toujours bien mesquine en comparaison de la rentrée que nous attendons [2]. Et vous n'attendez rien, vous ?

– Rien.

– Cela est triste. Convenez donc que vous êtes bien méchant ou bien fou.

– En vérité, je ne saurais, madame la maréchale.

– Quel motif peut avoir un incrédule d'être bon, s'il n'est pas fou ? Je voudrais bien le savoir.

– Et je vais vous le dire.

– Vous m'obligerez [3].

– Ne pensez-vous pas qu'on peut être si heureusement né qu'on trouve un grand plaisir à faire le bien ?

– Je le pense.

– Qu'on peut avoir reçu une excellente éducation qui fortifie le penchant naturel à la bienfaisance ?

– Assurément.

– Et que dans un âge plus avancé l'expérience nous ait convaincu qu'à tout prendre il vaut mieux pour son bonheur dans ce monde être un honnête homme qu'un coquin ?

---

1. *Attraper le ciel ou d'adresse ou de force* : gagner la vie éternelle par tous les moyens.
2. Le vocabulaire de la « mise » est une allusion au pari de Pascal (voir l'introduction, p. 13 sq.).
3. *Obliger*, en ce sens : s'attacher la reconnaissance de quelqu'un en lui rendant service, en lui faisant plaisir.

– Oui-da[1] ; mais comment est-on honnête homme, lorsque de mauvais principes se joignent aux passions pour entraîner au mal ?

– On est inconséquent, et y a-t-il rien de plus commun que d'être inconséquent ?

– Hélas ! malheureusement non ; on croit, et tous les jours, on se conduit comme si l'on ne croyait pas.

– Et sans croire, l'on se conduit à peu près comme si l'on croyait.

– À la bonne heure ; mais quel inconvénient y aurait-il à avoir une raison de plus, la religion, pour faire le bien, et une raison de moins, l'incrédulité, pour mal faire ?

– Aucun, si la religion était un motif de faire le bien, et l'incrédulité un motif de faire le mal.

– Est-ce qu'il y a quelque doute là-dessus ? Est-ce que l'esprit de la religion n'est pas de contrarier sans cesse cette vilaine nature corrompue, et celui de l'incrédulité de l'abandonner à sa malice en l'affranchissant de la crainte[2] ?

– Ceci, madame la maréchale, va nous jeter dans une longue discussion.

– Qu'est-ce que cela fait ? Le maréchal ne rentrera pas sitôt, et il vaut mieux que nous parlions raison que de médire de notre prochain.

– Il faudra que je reprenne les choses d'un peu haut.

---

1. *Oui-da* : certainement.

2. Dans la perspective chrétienne, la nature humaine, créée bonne par Dieu, est corrompue par le péché originel, c'est pourquoi les commandements de la religion et la crainte de l'enfer sont nécessaires pour rappeler les hommes à leurs devoirs.

– De si haut que vous voudrez, pourvu que je vous entende[1].

– Si vous ne m'entendiez pas, ce serait bien ma faute.

– Cela est poli ; mais il faut que vous sachiez que je n'ai jamais lu que mes heures[2], et que je ne suis guère occupée qu'à pratiquer l'Évangile et à faire des enfants.

– Ce sont deux devoirs dont vous vous êtes bien acquittée.

– Oui, pour les enfants ; j'en ai six tous venus et un septième qui frappe à la porte[3], mais commencez.

– Madame la maréchale, y a-t-il quelque bien, dans ce monde-ci, qui soit sans inconvénient ?

– Aucun.

– Et quelque mal qui soit sans avantage ?

– Aucun.

– Qu'appelez-vous donc mal ou bien ?

– Le mal, ce sera ce qui a plus d'inconvénient que d'avantage ; et le bien, au contraire, ce qui a plus d'avantage que d'inconvénient.

– Madame la maréchale aura-t-elle la bonté de se souvenir de sa définition du bien et du mal ?

– Je m'en souviendrai. Appelez-vous cela une définition ?

– Oui.

---

1. *Que je vous entende* : que je vous comprenne.

2. « Terme de liturgie. *Heures canoniales*, diverses parties du bréviaire, comme matines, vêpres, etc., qu'on récite aux diverses heures. [...] *Livres d'heures*, ou, simplement, livre où ces prières sont contenues » (Littré).

3. Var. : « vous en avez trouvé six autour de moi, et dans quelques jours vous en pourriez voir un de plus sur mes genoux ».

– C'est donc de la philosophie ?

– Excellente.

– Et j'ai fait de la philosophie !

– Ainsi, vous êtes persuadée que la religion a plus d'avantages que d'inconvénients, et c'est pour cela que vous l'appelez un bien ?

– Oui.

– Pour moi, je ne doute point que votre intendant [1] ne vous vole un peu moins la veille de Pâques [2] que le lendemain des fêtes ; et que de temps en temps la religion n'empêche nombre de petits maux, et ne produise nombre de petits biens.

– Petit à petit, cela fait somme.

– Mais croyez-vous que les terribles ravages qu'elle a causés dans les temps passés et qu'elle causera dans les temps à venir soient suffisamment compensés par ces guenilleux [3] avantages-là ? Songez qu'elle a créé et qu'elle perpétue la plus violente antipathie entre les nations. Il n'y a pas un musulman qui n'imaginât faire une action agréable à Dieu et au saint Prophète en exterminant tous les chrétiens, qui de leur côté ne sont guère plus tolérants. Songez qu'elle a créé et perpétue dans une même contrée des divisions qui se sont rarement éteintes sans effusion de sang. Notre histoire ne nous en offre que de trop récents et de trop funestes exemples. Songez qu'elle a créé et qu'elle perpétue dans la société entre les citoyens, et dans la famille

---

1. L'intendant est la personne chargée d'administrer les biens des gens fortunés. C'est un lieu commun, au XVIIIe siècle, de supposer qu'il vole son maître.

2. Commémoration de la résurrection du Christ, Pâques est, pour les chrétiens, la fête la plus importante.

3. *Guenilleux* : pauvres (couverts de guenilles).

entre les proches, les haines les plus fortes et les plus constantes. Le Christ a dit qu'il était venu pour séparer l'époux de la femme, la mère de ses enfants, le frère de la sœur, l'ami de l'ami [1], et sa prédiction ne s'est que trop fidèlement accomplie.

– Voilà bien les abus [2], mais ce n'est pas la chose.

– C'est la chose, si les abus en sont inséparables.

– Et comment me montrerez-vous que les abus de la religion sont inséparables de la religion ?

– Très aisément. Dites-moi, si un misanthrope s'était proposé de faire le malheur du genre humain, qu'aurait-il pu inventer de mieux que la croyance en un être incompréhensible, sur lequel les hommes n'auraient jamais pu s'entendre et auquel ils auraient attaché plus d'importance qu'à leur vie ? Or est-il possible de séparer de la notion d'une divinité l'incompréhensibilité la plus profonde et l'importance la plus grande [3] ?

– Non.

– Concluez donc.

– Je conclus que c'est une idée qui n'est pas sans conséquence dans la tête des fous.

---

1. « Ne croyez pas que je sois venu pour apporter la paix sur la terre ; je ne suis pas venu apporter la paix, mais l'épée. Car je suis venu mettre la division entre l'homme et son père, entre la fille et sa mère, entre la belle-fille et sa belle-mère » (Évangile selon Matthieu, 10, 34-35).

2. *Abus* : « mauvais usage d'une chose » (Furetière).

3. Diderot, dans une addition aux *Pensées philosophiques*, développe l'idée que Dieu pourrait être l'invention d'un misanthrope qui a voulu nuire à l'humanité en créant un facteur de divisions et de haines entre les hommes (voir *Pensées philosophiques*, éd.cit., p. 170 et DOSSIER, texte nº 4, p. 92).

– Et ajoutez que les fous ont toujours été et seront toujours le plus grand nombre, et que les plus dangereux ce sont ceux que la religion fait et dont les perturbateurs de la société savent tirer bon parti dans l'occasion.

– Mais il faut quelque chose qui effraie les hommes sur les mauvaises actions qui échappent à la sévérité des lois ; et si vous détruisez la religion, que lui substituerez-vous ?

– Quand je n'aurais rien à mettre à la place, ce serait toujours un terrible préjugé [1] de moins ; sans compter que dans aucun siècle et chez aucune nation les opinions religieuses n'ont servi de base aux mœurs nationales [2]. Les dieux qu'adoraient ces vieux Grecs et ces vieux Romains, les plus honnêtes gens de la terre, étaient la canaille la plus dissolue, un Jupiter à brûler tout vif, une Vénus à enfermer à l'Hôpital [3], un Mercure à mettre à Bicêtre [4].

– Et vous pensez qu'il est tout à fait indifférent que nous soyons chrétiens ou païens ; que païens nous n'en

1. Pour les philosophes du XVIIIe siècle, la croyance religieuse relève du préjugé, c'est-à-dire d'une opinion reçue et acceptée avant tout jugement.

2. Voir l'introduction, p. 19.

3. « Mettre une fille de mauvaise vie *à l'hôpital*, la mettre dans une maison de correction » (Littré). L'hôpital général, ou Salpêtrière depuis 1684, est réservé aux femmes, puis devint maison de force pour filles débauchées. Vénus est la déesse de l'Amour.

4. « Établissement d'aliénés qui est à Bicêtre. Envoyer un fou à Bicêtre. Il est bon à mettre à Bicêtre » (Littré). Mercure est le messager des dieux, le patron de l'éloquence, des voyageurs et des voleurs. Il conduit les âmes des morts aux Enfers. Depuis la *République* de Platon, on dénonce le comportement indigne prêté aux dieux par les poètes.

vaudrions pas moins, et que chrétiens nous n'en valons pas mieux ?

– Ma foi, j'en suis convaincu, à cela près que nous serions un peu plus gais.

– Cela ne se peut pas.

– Mais, madame la maréchale, est-ce qu'il y a des chrétiens ? Je n'en ai jamais vu.

– Et c'est à moi que vous dites cela, à moi ?

– Non, madame, ce n'est pas à vous, c'est à une de mes voisines qui est honnête et pieuse comme vous l'êtes, et qui se croyait chrétienne de la meilleure foi du monde, comme vous vous le croyez[1].

– Et vous lui fîtes voir qu'elle avait tort ?

– En un instant.

– Comment vous y prîtes-vous ?

– J'ouvris un Nouveau Testament dont elle s'était beaucoup servie, car il était fort usé. Je lui lus le Sermon sur la montagne[2], et à chaque article je lui demandai, faites-vous cela, et cela donc, et cela encore ? J'allai plus loin. Elle est belle, et quoiqu'elle soit très dévote, elle ne l'ignore pas. Elle a la peau très blanche et quoiqu'elle n'attache pas un grand prix à

---

1. Le choix d'une femme n'est pas sans signification. S'adressant à une femme, le narrateur pense qu'elle peut mieux s'identifier avec cet exemple qui lui parle en quelque sorte d'elle-même. Mais il y a sans doute une autre raison. Dans les discussions portant sur la conformité des opinions et des conduites, les femmes sont souvent citées comme les moins capables de régler leurs mœurs, sinon par la religion, du moins par le sentiment de l'honneur. Voir, par exemple, Pierre Bayle, *op. cit.*, § 163, « Que les hommes sont plus sensibles à l'honneur que les femmes ».

2. Le Sermon sur la montagne, dans l'Évangile de Matthieu (5-7) contient l'essentiel de l'enseignement du Christ. Voir DOSSIER, texte n° 1, p. 67.

ce frêle avantage, elle n'est pas fâchée qu'on en fasse l'éloge. Elle a la gorge[1] aussi bien qu'il soit possible de l'avoir, et quoiqu'elle soit très modeste, elle trouve bon qu'on s'en aperçoive.

– Pourvu qu'il n'y ait qu'elle et son mari qui le sachent.

– Je crois que son mari le sait mieux qu'un autre ; mais pour une femme qui se pique de grand christianisme, cela ne suffit pas. Je lui dis : N'est-il pas écrit dans l'Évangile que celui qui a convoité la femme de son prochain a commis l'adultère dans son cœur[2] ?

– Elle vous répondit que oui.

– Je lui dis : Et l'adultère commis dans le cœur ne damne-t-il pas aussi sûrement qu'un adultère mieux conditionné[3] ?

– Elle vous répondit encore que oui ?

– Je lui dis : Et si l'homme est damné pour l'adultère qu'il a commis dans le cœur, quel sera le sort de la femme qui invite tous ceux qui l'approchent à commettre ce crime ? Cette dernière question l'embarrassa.

– Je comprends ; c'est qu'elle ne voilait pas fort exactement cette gorge, qu'elle avait aussi bien qu'il était possible de l'avoir.

---

1. *Gorge* : poitrine féminine.

2. « Vous avez appris qu'il a été dit : Tu ne commettras point d'adultère. Mais moi, je vous dis que quiconque regarde une femme pour la convoiter a déjà commis un adultère avec elle dans son cœur » (Matthieu, 5, 27-28). L'adultère est le fait d'avoir des relations sexuelles avec quelqu'un d'autre que son conjoint.

3. *Mieux conditionné* : pourvu de toutes les qualités requises. L'idée est que le désir d'adultère est un péché aussi grave que l'adultère consommé et dûment constaté.

– Il est vrai. Elle me répondit que c'était une chose d'usage[1], comme si rien n'était plus d'usage que de s'appeler chrétien et de ne l'être pas ; qu'il ne fallait pas se vêtir ridiculement, comme s'il y avait quelque comparaison à faire entre un misérable petit ridicule, sa damnation éternelle et celle de son prochain ; qu'elle se laissait habiller par sa couturière, comme s'il ne valait pas mieux changer de couturière que renoncer à sa religion ; que c'était la fantaisie de son mari, comme si un époux était assez insensé pour exiger de sa femme l'oubli de la décence et de ses devoirs, et qu'une véritable chrétienne dût pousser l'obéissance pour un époux extravagant, jusqu'au sacrifice de la volonté de son Dieu et au mépris des menaces de son rédempteur[2].

– Je savais d'avance toutes ces puérilités-là ; je vous les aurais peut-être dites comme votre voisine ; mais elle et moi aurions été toutes deux de mauvaise foi[3]. Mais quel parti prit-elle d'après votre remontrance[4] ?

– Le lendemain de cette conversation, c'était un jour de fête, je remontais chez moi, et ma dévote et belle voisine descendait de chez elle pour aller à la messe.

– Vêtue comme de coutume ?

---

1. *Une chose d'usage* : pratique normale, habituelle dans une société.

2. *Le rédempteur* : le Christ, en tant qu'il est sauveur du genre humain par sa mort.

3. Comme il est impossible d'observer les préceptes sublimes du christianisme que par ailleurs on dit respecter, les croyants sont contraints d'être de mauvaise foi, de se mentir à eux-mêmes.

4. *Remontrance* : « Avertissement qu'un père donne à son enfant, un supérieur à son inférieur, pour l'engager à se corriger » (Littré). L'emploi de ce mot est ici ironique.

– Vêtue comme de coutume. Je souris, elle sourit, et nous passâmes l'un à côté de l'autre sans nous parler. Madame la maréchale, une honnête femme ! une chrétienne ! une dévote ! Après cet exemple et cent mille autres de la même espèce, de bonne foi, quelle influence réelle puis-je accorder à la religion sur les mœurs ? Presque aucune, et tant mieux.

– Comment, tant mieux ?

– Oui, madame. S'il prenait fantaisie à vingt mille habitants de Paris de conformer strictement leur conduite au Sermon sur la montagne...

– Eh bien, il y aurait quelques belles gorges plus couvertes.

– Et tant de fous que le lieutenant de police [1] ne saurait qu'en faire, car nos Petites-Maisons [2] n'y suffiraient pas. Il y a dans les livres inspirés deux morales : l'une générale et commune à toutes les nations, à tous les cultes, et qu'on suit à peu près ; une autre, propre à chaque nation et à chaque culte, à laquelle on croit, qu'on prêche dans les temples, qu'on préconise dans les maisons, et qu'on ne suit point du tout.

– Et d'où vient cette bizarrerie ?

– De ce qu'il est impossible d'assujettir un peuple à une règle qui ne convient qu'à quelques hommes mélancoliques [3], qui l'ont calquée sur leur caractère. Il

1. *Lieutenant de police* : personne chargée de la police à Paris.

2. « *Petites-Maisons*, nom donné autrefois à un hôpital de Paris où l'on renfermait les aliénés » (Littré).

3. La mélancolie est « un délire particulier, [...] sans fièvre ni fureur [...]. Ce délire est joint le plus souvent à une tristesse insurmontable [...], à un penchant décidé pour la solitude » (Ménuret de Chambaud, art. MÉLANCOLIE de l'*Encyclopédie*, t. X, p. 308). Les philosophes associent très souvent le délire mélancolique et l'invention des dogmes religieux.

en est des religions comme des institutions monastiques qui toutes se relâchent avec le temps. Ce sont des folies qui ne peuvent tenir contre l'impulsion constante de la nature qui nous ramène sous sa loi. Et faites que le bien des particuliers soit si étroitement lié avec le bien général, qu'un citoyen ne puisse presque pas nuire à la société sans se nuire à lui-même ; assurez à la vertu sa récompense comme vous avez assuré à la méchanceté son châtiment ; que sans aucune distinction de culte, dans quelque condition que le mérite se trouve, il conduise aux grandes places de l'État ; et ne comptez plus sur d'autres méchants que sur un petit nombre d'hommes qu'une nature perverse que rien ne peut corriger entraîne au vice. Madame la maréchale, la tentation est trop proche et l'enfer est trop loin ; n'attendez rien qui vaille la peine qu'un sage législateur s'en occupe, d'un système d'opinions bizarres qui n'en impose qu'aux enfants ; qui encourage au crime par la commodité des expiations [1] ; qui envoie le coupable demander pardon à Dieu de l'injure faite à l'homme, et qui avilit l'ordre des devoirs naturels et moraux en le subordonnant à un ordre de devoirs chimériques [2].

– Je ne vous comprends pas.

– Je m'explique ; mais il me semble que voilà le carrosse de M. le maréchal, qui rentre fort à propos pour m'empêcher de dire une sottise.

---

1. La pratique catholique de la confession et la facilité d'être lavé de ses péchés comme encouragement à en commettre est un thème qui remonte à la Réforme.

2. *Chimérique* : imaginaire.

– Dites, dites votre sottise, je ne l'entendrai pas ; je me suis accoutumée à n'entendre que ce qui me plaît.

– Je m'approchai de son oreille et je lui dis tout bas : Madame la maréchale, demandez au vicaire de votre paroisse, de ces deux crimes, pisser dans un vase sacré [1], ou noircir la réputation d'une femme honnête, quel est le plus atroce. Il frémira d'horreur au premier, criera au sacrilège ; et la loi civile, qui prend à peine connaissance de la calomnie tandis qu'elle punit le sacrilège par le feu [2], achèvera de brouiller les idées et de corrompre les esprits.

– Je connais plus d'une femme qui se ferait un scrupule de manger gras le vendredi [3] et qui... j'allais dire aussi ma sottise. Continuez.

– Mais, madame, il faut absolument que je parle à M. le maréchal.

– Encore un moment, et puis nous l'irons voir ensemble. Je ne sais trop que vous répondre, et cependant vous ne me persuadez pas.

---

1. *Vase sacré* : il peut s'agir dans la liturgie catholique soit du ciboire, conservant les hosties, soit du calice contenant du vin. Ces ustensiles sont utilisés par le prêtre pendant la messe au moment de l'eucharistie, pour la consécration du vin et des hosties.

2. Le chevalier de La Barre, accusé de ne s'être pas découvert au passage d'une procession et d'avoir mutilé un crucifix fut condamné par le tribunal d'Abbeville à avoir le poing coupé, la langue arrachée et à être brûlé vif. Dans sa clémence, le Parlement de Paris lui accorda d'être décapité avant d'être brûlé. Il fut exécuté en 1766 à l'âge de 19 ans.

3. La religion catholique imposait aux fidèles de faire maigre, c'est-à-dire de ne pas manger de viande tous les vendredis et un certain nombre de jours dans l'année (en particulier pendant la période du carême).

– Je ne me suis pas proposé de vous persuader. Il en est de la religion comme du mariage. Le mariage, qui fait le malheur de tant d'autres, a fait votre bonheur et celui de M. le maréchal ; vous avez très bien fait de vous marier tous deux. La religion, qui a fait, qui fait et qui fera tant de méchants, vous a rendue meilleure encore ; vous faites bien de la garder. Il vous est doux d'imaginer à côté de vous, au-dessus de votre tête, un être grand et puissant, qui vous voit marcher sur la terre, et cette idée affermit vos pas. Continuez, madame, à jouir de ce garant auguste de vos pensées, de ce spectateur, de ce modèle sublime de vos actions [1].

– Vous n'avez pas, à ce que je vois, la manie du prosélytisme [2].

– Aucunement.

– Je vous en estime davantage.

– Je permets à chacun de penser à sa manière, pourvu qu'on me laisse penser à la mienne ; et puis ceux qui sont faits pour se délivrer de ces préjugés n'ont guère besoin qu'on les catéchise [3].

– Croyez-vous que l'homme puisse se passer de superstition [4] ?

– Non, tant qu'il restera ignorant et peureux.

---

1. Voir la formulation très proche dans la lettre à Catherine II du 13 septembre 1774 (*Œuvres*, éd. Versini, t. 5, p. 1257-1258).

2. *Prosélytisme* : zèle déployé pour répandre sa foi et lui faire des adeptes. Le terme est souvent péjoratif.

3. La première partie du texte s'interrompt ici dans la *Correspondance littéraire*, qui annonce « la suite à l'ordinaire prochain » et reprend dans la livraison suivante sous le titre : « Fin de l'entretien d'un Philosophe avec Madame la Maréchale de *** ».

4. *Superstition* : croyance craintive et révérencieuse en une puissance imaginaire à laquelle on se soumet.

– Eh bien ! superstition pour superstition, autant la nôtre qu'une autre.

– Je ne le pense pas.

– Parlez-moi vrai : ne vous répugne-t-il point à n'être plus rien après votre mort ?

– J'aimerais mieux exister, bien que je ne sache pas pourquoi un être qui a pu me rendre malheureux sans raison, ne s'en amuserait pas deux fois [1].

– Si, malgré cet inconvénient, l'espoir d'une vie à venir vous paraît consolant et doux, pourquoi nous l'arracher ?

– Je n'ai pas cet espoir, parce que le désir ne m'en a point dérobé la vanité [2], mais je ne l'ôte à personne. Si l'on peut croire qu'on verra quand on n'aura plus d'yeux ; qu'on entendra quand on n'aura plus d'oreilles ; qu'on pensera quand on n'aura plus de tête ; qu'on aimera, quand on n'aura plus de cœur ; qu'on sentira, quand on n'aura plus de sens ; qu'on existera, quand on ne sera nulle part ; qu'on sera quelque chose, sans étendue et sans lieu, j'y consens [3].

– Mais ce monde-ci qui est-ce qui l'a fait ?

– Je vous le demande.

– C'est Dieu.

– Et qu'est-ce que Dieu ?

– Un esprit.

---

1. Vivre au-delà de la mort serait courir le risque de continuer à souffrir des mêmes maux que Dieu, qui nous a créés, nous inflige en cette vie-ci.

2. *Vanité* : le caractère vain, chimérique.

3. Le désir de la vie éternelle ne me masque pas le caractère illusoire de ce désir, surtout dans la perspective matérialiste pour laquelle il n'y a pas d'âme spirituelle indépendante du corps.

– Si un esprit fait de la matière, pourquoi de la matière ne ferait-elle pas un esprit [1] ?

– Et pourquoi le ferait-elle ?

– C'est que je lui en vois faire tous les jours [2]. Croyez-vous que les bêtes aient des âmes [3] ?

– Certainement, je le crois.

– Et pourriez-vous me dire ce que devient, par exemple, l'âme du serpent du Pérou, pendant qu'il se dessèche suspendu dans une cheminée et exposé à la fumée un ou deux ans de suite [4] ?

– Qu'elle devienne ce qu'elle voudra, qu'est-ce que cela me fait ?

– C'est que madame la maréchale ne sait pas que ce serpent enfumé, desséché, ressuscite et renaît.

– Je n'en crois rien.

– C'est pourtant un habile [5] homme, c'est Bouguer [6] qui l'assure.

---

1. Diderot rapporte dans *Le Rêve de d'Alembert* un mot voisin de sa fille Angélique : « Je fais donc de la chair ou de l'âme, comme dit ma fille, une matière activement sensible», éd. C. Duflo, GF-Flammarion, 2002, p. 59.

2. Voir l'introduction, p. 22.

3. La question de l'âme des bêtes est un problème redoutable pour la pensée chrétienne (pour laquelle seul l'homme possède une âme spirituelle) dont s'amusent souvent les matérialistes. Soit on dit que les bêtes n'ont pas d'âme, ce qui heurte le sens commun, soit on est obligé d'admettre qu'une sorte d'âme matérielle existe, et alors on ne voit pas pourquoi la nôtre ne le serait pas.

4. Dans les *Éléments de physiologie*, chap. 2, Diderot évoque ce même exemple. Voir Versini t. 1, p. 1270, qui identifie ce « serpent » à un batracien, l'axolotl.

5. *Habile* : « L'habile homme est celui qui fait un grand usage de ce qu'il sait » (Voltaire, cité par Littré). Autrement dit, Bouguer a rapporté ce qu'il savait être la réalité.

6. Pierre Bouguer (1698-1758) a fait partie, avec notamment La Condamine (1701-1774), de l'expédition organisée par l'Académie

– Votre habile homme a menti.

– S'il avait dit vrai ?

– J'en serais quitte pour croire que les animaux sont des machines.

– Et l'homme qui n'est qu'un animal un peu plus parfait qu'un autre[1]... Mais M. le maréchal...

– Encore une question et c'est la dernière. Êtes-vous bien tranquille dans votre incrédulité ?

– On ne saurait davantage.

– Pourtant, si vous vous trompiez.

– Quand je me tromperais ?

– Tout ce que vous croyez faux serait vrai, et vous seriez damné. Monsieur Diderot, c'est une terrible chose que d'être damné ; brûler toute une éternité, c'est bien long[2].

– La Fontaine croyait que nous nous y ferions comme le poisson dans l'eau.

---

des sciences pour mesurer un arc du méridien terrestre à l'équateur. Il en rapporte une description du Pérou incluse dans *La Figure de la terre [...] avec une relation abrégée de ce voyage* (1749). Bouguer, qui ne l'a pas vu, rapporte les étonnantes propriétés de ce serpent, appelé *tatacua*, d'après des témoins (voir la *Relation abrégée*, chapitre IV, p. 97 de l'édition de 1749). Il suggère que si le fait était vrai, il donnerait raison à la « théorie cartésienne » des animaux-machines : exposé à la chaleur, il se serait « remonté » ainsi qu'une montre.

1. « Prétendrez-vous avec Descartes que [l'animal] est une pure machine imitative ? Mais les petits enfants se moqueront de vous ; et les philosophes vous répliqueront que, si c'est une machine, vous en êtes une autre. Si vous avouez qu'entre l'animal et vous il n'y a de différence que dans l'organisation, vous montrerez du bon sens et de la raison » (Diderot, *Le Rêve de d'Alembert*, éd. cit., p. 68).

2. Voir la critique acerbe du dogme de l'éternité des peines dans l'*Addition* aux *Pensées philosophiques*, éd. cit., p. 166-168.

– Oui, oui, mais votre La Fontaine devint bien sérieux au dernier moment [1], et c'est où je vous attends.

– Je ne réponds de rien quand ma tête n'y sera plus ; mais si je finis par une de ces maladies qui laissent à l'homme agonisant toute sa raison, je ne serai pas plus troublé au moment où vous m'attendez qu'au moment où vous me voyez.

– Cette intrépidité me confond.

– J'en trouve bien davantage au moribond qui croit en un juge sévère qui pèse jusqu'à nos plus secrètes pensées, et dans la balance duquel l'homme le plus juste se perdrait par sa vanité, s'il ne tremblait de se trouver trop léger [2] ; si ce moribond avait alors à son choix, ou d'être anéanti, ou de se présenter à ce tribunal, son intrépidité me confondrait bien autrement, s'il balançait à prendre le premier parti, à moins qu'il ne fût plus insensé que le compagnon de saint Bruno [3] ou plus ivre de son mérite que Bohola [4].

---

1. Affaibli lors de sa maladie, en décembre 1692, sous la pression de l'abbé Pouget, La Fontaine se repentit, devant des académiciens réunis, d'avoir été libertin. L'abbé Pouget obtint sa reconversion et le reniement de ses contes. Il mourut en 1695 sans revenir sur sa reconversion. On découvrit alors qu'il portait un cilice.

2. L'homme, même le meilleur, étant toujours très fautif au regard de l'exigence des commandements divins, c'est le croyant et non l'athée, qui devrait avoir peur au moment de mourir.

3. Saint Bruno (~1035-1101) fonde l'ordre des Chartreux. Sa vie fait l'objet d'une suite de tableaux d'Eustache Le Sueur (1617-1655) qui montrent notamment le moment où le prédicateur Raymond Dioclès ressuscite pour annoncer qu'il a été jugé et condamné au tribunal de Dieu, ce qui incite Bruno à entrer dans les ordres.

4. Andrzej Bobola (Sanok [Pologne] 1591 – Pinsk [actuelle Biélorussie] 1657). Jésuite polonais, il meurt en martyr, tué par des Cosaques. Il a été béatifié en 1853 et canonisé en 1938.

– J'ai lu l'histoire de l'associé de Bruno, mais je n'ai jamais entendu parler de votre Bohola.

– C'est un jésuite du collège de Pinsk en Lituanie, qui laissa en mourant une cassette pleine d'argent, avec un billet écrit et signé de sa main.

– Et ce billet ?

– Était conçu en ces termes : « Je prie mon cher confrère dépositaire de cette cassette de l'ouvrir quand j'aurai fait des miracles. L'argent qu'elle contient servira aux frais du procès de ma béatification. J'y ai ajouté quelques mémoires authentiques pour la confirmation de mes vertus, et qui pourront servir utilement à ceux qui entreprendront d'écrire ma vie. »

– Cela est à mourir de rire.

– Pour moi, madame la maréchale, mais pour vous, votre Dieu n'entend pas raillerie.

– Vous avez raison.

– Madame la maréchale, il est bien facile de pécher grièvement [1] contre votre loi.

– J'en conviens.

– La justice qui décidera de votre sort est bien rigoureuse.

– Il est vrai.

– Et si vous en croyez les oracles de votre religion sur le nombre des élus, il est bien petit.

– Oh ! c'est que je ne suis pas janséniste, je ne vois la médaille que par son revers consolant, le sang de Jésus-Christ couvre un grand espace à mes yeux, et il

1. *Grièvement* : gravement.

me semblerait très singulier que le diable qui n'a pas livré son fils à la mort eût pourtant la meilleure part [1].

– Damnez-vous Socrate, Phocion, Aristide, Caton, Trajan, Marc Aurèle [2] ?

– Fi donc ! Il n'y a que les bêtes féroces qui puissent le penser. Saint Paul dit que chacun sera jugé par la loi qu'il a connue ; et saint Paul a raison [3].

– Et par quelle loi l'incrédule sera-t-il jugé ?

– Votre cas est un peu différent. Vous êtes un de ces habitants maudits de Corozaïn et de Betzaïda [4] qui

---

1. Le jansénisme, doctrine chrétienne issue de la pensée de Jansénius (1585-1638), condamnée tant par la papauté que par le pouvoir royal, exerce encore une forte influence clandestine au XVIIIe siècle, en particulier sur les élites (notamment les parlementaires). Cette pensée se caractérise par une grande sévérité, insiste sur la rareté de ceux qui sont sauvés, et sur la nécessité de la grâce, qui ne dépend pas du libre arbitre de l'homme mais de la prédestination divine. Dans l'*Addition* aux *Pensées philosophiques*, Diderot écrit : « S'il y a cent mille damnés pour un sauvé, le diable a toujours l'avantage, sans avoir abandonné son fils à la mort » (éd. cit., p. 161).

2. Phocion (402-318 av. J.-C.), général et orateur athénien, injustement condamné à boire la ciguë. Aristide (550-467 av. J.-C.), surnommé, le Juste, général athénien célèbre pour son intégrité. Caton l'Ancien ou le Censeur (234-149 av. J.-C.), homme politique romain, lutta pour la préservation des vertus traditionnelles de Rome. Trajan (53-117), empereur romain. Marc Aurèle (121-180), empereur romain et philosophe stoïcien. Tous ces païens célèbres pour leur vertu doivent-ils être considérés comme damnés pour n'avoir pas été chrétiens ?

3. « Quand les païens, qui n'ont point la loi, font naturellement ce que prescrit la loi, ils sont, eux qui n'ont pas la loi, une loi pour eux-mêmes ; ils montrent que l'œuvre de la loi est écrite dans leurs cœurs, leur conscience en rendant témoignage, et leurs pensées s'accusant ou se défendant tour à tour. C'est ce qui paraîtra le jour où, selon mon Évangile, Dieu jugera par Jésus-Christ les actions secrètes des hommes » (Épître aux Romains, II, 14 – 16).

4. « Alors il [Jésus] se mit à faire des reproches aux villes dans lesquelles avaient lieu la plupart de ses miracles, parce qu'elles ne s'étaient pas repenties. Malheur à toi, Chorazin ! malheur à toi,

fermèrent leurs yeux à la lumière qui les éclairait, et qui étoupèrent [1] leurs oreilles pour ne pas entendre la voix de la vérité qui leur parlait.

– Madame la maréchale, ces Corozaïnois et ces Betzaïdains furent des hommes comme il n'y en eut jamais que là, s'ils furent maîtres de croire ou de ne pas croire.

– Ils virent des prodiges qui auraient mis l'enchère aux sacs et à la cendre [2], s'ils avaient été faits à Tyr et à Sidon.

– C'est que les habitants de Tyr et de Sidon étaient des gens d'esprit, et que ceux de Corozaïn et de Betzaïda n'étaient que des sots. Est-ce que celui qui fit les sots les punira pour avoir été sots [3] ? Je vous ai fait tout à l'heure une histoire [4], et il me prend envie de vous faire un conte.

– Faites-moi votre conte.

– Un jeune Mexicain... Mais M. le maréchal ?...

– Je vais envoyer savoir s'il est visible. Eh bien, votre jeune Mexicain ?

Bethsaïda ! car, si les miracles qui ont été faits au milieu de vous avaient été faits dans Tyr et Sidon, il y a longtemps qu'elles se seraient repenties, en prenant le sac et la cendre. C'est pourquoi je vous le dis : au jour du Jugement, Tyr et Sidon seront traitées moins rigoureusement que vous » (Matthieu, XI, 20 – 22).

1. *Étouper* : boucher avec de l'étoupe (partie grossière de la filasse, résidu de cordages).

2. *Mis à l'enchère aux sacs et à la cendre* : les hommes se seraient disputés les sacs (habit simple et grossier qui sert de signe et d'instrument de pénitence) et la cendre (pour s'en couvrir et marquer ainsi la pénitence).

3. Même idée dans les *Pensées philosophiques*, p. 74 et dans l'*Addition*, p. 161.

4. *Histoire*, un récit. Diderot renvoie à l'anecdote de la belle et dévote voisine.

– Las de son travail, se promenait un jour au bord de la mer. Il voit une planche qui trempait d'un bout dans les eaux et qui de l'autre posait sur le rivage. Il s'assied sur cette planche, et là prolongeant ses regards sur la vaste étendue qui se déployait devant lui, il se disait : Rien n'est plus vrai que ma grand-mère radote avec son histoire de je ne sais quels habitants qui, dans je ne sais quel temps, abordèrent ici de je ne sais où, d'une contrée au-delà de nos mers. Il n'y a pas le sens commun dans ce qu'elle raconte ; et quand il y aurait le sens commun, ne vois-je pas la mer confiner avec le ciel [1] ? et puis-je croire contre le témoignage de mes sens une vieille fable dont on ignore la date, que chacun arrange à sa manière, et qui n'est qu'un tissu de circonstances absurdes sur lesquelles ils se mangent le cœur et s'arrachent le blanc des yeux ? Tandis qu'il raisonnait ainsi, les eaux agitées le berçaient sur sa planche et il s'endormit. Pendant qu'il dort, le vent s'accroît, le flot soulève la planche sur laquelle il est étendu, et voilà notre jeune raisonneur embarqué.

– Hélas ! c'est bien là notre image : nous sommes chacun sur notre planche, le vent souffle et le flot nous emporte [2].

– Il était déjà loin du continent lorsqu'il s'éveilla. Qui fut bien surpris de se trouver en pleine mer ? ce fut notre Mexicain. Qui le fut bien davantage ? ce fut encore lui, lorsque ayant perdu de vue le rivage sur lequel il se promenait il n'y a qu'un instant, la mer

---

1. *Confiner avec le ciel* : toucher au ciel.

2. Présentant la nécessité de parier, Pascal écrit : « Il faut parier. Cela n'est pas volontaire, vous êtes embarqué » (*Pensées*, voir DOSSIER, texte n° 2, p. 75).

lui parut confiner avec le ciel de tous côtés. Alors il soupçonna qu'il pourrait bien s'être trompé, et que, si le vent restait au même point, peut-être serait-il porté sur la rive et parmi ces habitants dont sa grand'mère l'avait si souvent entretenu.

– Et de son souci, vous ne m'en dites mot.

– Il n'en eut point. Il se dit : Qu'est-ce que cela me fait, pourvu que j'aborde ? J'ai raisonné comme un étourdi, soit ; mais j'ai été sincère avec moi-même, et c'est tout ce qu'on peut exiger de moi. Si ce n'est pas une vertu que d'avoir de l'esprit, ce n'est pas un crime que d'en manquer [1]. Cependant le vent continuait, l'homme et la planche voguaient, et la rive inconnue commençait à paraître : il y touche et l'y voilà.

– Nous nous y reverrons un jour, monsieur Diderot.

– Je le souhaite, madame la maréchale ; en quelque endroit que ce soit, je serai toujours très flatté de vous faire ma cour. À peine eut-il quitté sa planche et mis le pied sur le sable, qu'il aperçut un vieillard vénérable debout à ses côtés. Il lui demanda où il était et à qui il avait l'honneur de parler. Je suis le souverain de la contrée, lui répondit le vieillard. À l'instant le jeune homme se prosterna. Relevez-vous, lui dit le vieillard. Vous avez nié mon existence. – Il est vrai. – Et celle de mon empire. – Il est vrai. – Je vous le pardonne, parce que je suis celui qui voit au fond des cœurs et que j'ai lu au fond du vôtre que vous étiez de bonne foi, mais le reste de vos pensées et de vos actions n'est pas également innocent. Alors le vieillard qui le tenait par l'oreille lui rappelait toutes les erreurs de sa vie, et à

1. Voir la *Pensée philosophique* XXIX.

chaque article le jeune Mexicain s'inclinait, se frappait la poitrine et demandait pardon. Là, madame la maréchale, mettez-vous pour un moment à la place du vieillard et dites-moi ce que vous auriez fait. Auriez-vous pris ce jeune insensé par les cheveux et vous seriez-vous complu à le traîner à toute éternité sur le rivage ?

– En vérité, non.

– Si un de ces six jolis enfants que vous avez, après s'être échappé de la maison paternelle et avoir fait force sottises, y revenait bien repentant.

– Moi, je courrais à sa rencontre, je le serrerais entre mes bras et je l'arroserais de mes larmes. Mais M. le maréchal son père ne prendrait pas la chose si doucement.

– M. le maréchal n'est pas un tigre.

– Il s'en faut bien [1].

– Il se ferait peut-être un peu tirailler [2], mais il pardonnerait.

– Certainement.

– Surtout s'il venait à considérer qu'avant de donner la naissance à cet enfant, il en savait toute la vie [3] et que le châtiment de ses fautes serait sans aucune utilité ni pour lui-même, ni pour le coupable, ni pour ses frères.

---

1. *Il s'en faut bien* : la différence est grande (le maréchal est loin d'être un homme cruel).

2. *Se faire tirailler* : faire des efforts pour résister avant de se laisser convaincre.

3. Thème de la prescience et de la providence divine : Dieu avant la création sait tout ce que feront les hommes qu'il a créés. Dès lors pourquoi les crée-t-il si c'est pour les punir d'avoir fait ce qu'Il savait d'avance qu'ils feraient ?

– Le vieillard et M. le maréchal sont deux.

– Voulez-vous dire que M. le maréchal est meilleur que le vieillard ?

– Dieu m'en garde ! Je veux dire que, si ma justice n'est pas celle du maréchal, la justice du maréchal pourrait bien n'être pas celle du vieillard.

– Ah ! madame ! vous ne sentez pas les suites de cette réponse. Ou la définition générale de la justice convient également à vous, à M. le maréchal, à moi, au jeune Mexicain et au vieillard, ou je ne sais plus ce que c'est et j'ignore comment on plaît ou l'on déplaît à ce dernier [1].

Nous en étions là lorsqu'on nous avertit que M. le maréchal nous attendait. Je donnai la main à Mme la maréchale, qui me disait : C'est la bouteille à l'encre [2], n'est-ce pas ?

– Il est vrai [3].

– Après tout, le plus court est de se conduire comme si le vieillard existait.

– Même quand on n'y croit pas.

– Et quand on y croit, de ne pas trop compter sur sa miséricorde.

– Saint Nicolas, nage toujours et ne t'y fie pas [4].

1. On ne peut pas définir la justice divine différemment de la justice humaine, sinon les mots n'ont plus de sens.

2. « *C'est la bouteille à l'encre*, c'est une affaire obscure, embrouillée » (Littré).

3. Var. : « C'est à faire tourner la tête, n'est-ce pas ? – Pourquoi donc, quand on l'a bonne ? »

4. « *Nage toujours et ne t'y fie pas*, se dit pour faire entendre qu'il faut s'aider soi-même, sans trop compter sur autrui » (Littré).

– C'est le plus sûr[1]... À propos, si vous aviez à rendre compte de vos principes à nos magistrats, les avoueriez-vous ?

– Je ferais de mon mieux pour leur épargner une action atroce[2].

– Ah ! le lâche ! Et si vous étiez sur le point de mourir, vous soumettriez-vous aux cérémonies de l'Église ?

– Je n'y manquerais pas.

– Fi ! le vilain hypocrite.

---

1. Var. : « Et quand on y croit, de ne pas trop compter sur sa bonté. – Si ce n'est pas le plus poli, c'est du moins le plus sûr... »

2. Dans un siècle où l'athéisme peut valoir de lourdes condamnations pénales, l'athée doit dissimuler ses principes pour éviter au magistrat de le condamner.

DOSSIER

1) « LE SERMON SUR LA MONTAGNE » – Évangile selon saint Matthieu, 5,20 – 7,13, Bible de Jérusalem.

*C'est sous ce titre qu'est connu le discours présenté par Matthieu comme formé d'un seul tenant. Jésus s'adresse à la foule qui le suit et à ses disciples. Ce « discours évangélique » est composé de plusieurs morceaux. Le premier, connu sous le nom des « Béatitudes », consiste en versets rythmés qui annoncent la « bonne nouvelle » à ceux qui souffrent et sont persécutés. Le second morceau, qui est reproduit à la suite, expose la relation de la « Loi nouvelle » et de la « Loi ancienne ». Jésus proclame qu'il est venu accomplir et non abolir la Loi et les Prophètes. Il reprend six points des « Dix commandements » pour en proposer une observance perfectionnée. C'est à ce passage qu'il est fait allusion dans l'*Entretien*. Le troisième porte sur les « œuvres » accomplies par le juste, l'aumône, la prière et le jeûne. Jésus demande qu'elles soient accomplies pour Dieu et face à lui, et non en vue de* *l'approbation des hommes. C'est dans ce passage que se trouve la prière des chrétiens, dite le « Notre-Père ». Le quatrième plaide pour un détachement à l'égard des soucis terrestres au nom de la confiance que le croyant doit avoir dans la sollicitude de Dieu. Enfin, le Sermon énonce une série de sentences de sagesse pour s'achever sur le commandement d'entrer dans le royaume des Cieux par « la porte étroite » et sur la parabole de la maison bâtie sur le sable et de celle bâtie sur un roc.*

« Car je vous le dis : si votre justice ne surpasse pas celle des scribes et des Pharisiens, vous n'entrerez pas dans le Royaume des Cieux.

« Vous avez entendu qu'il a été dit aux ancêtres : *Tu ne tueras point* ; et si quelqu'un tue, il en répondra au tribunal. Eh bien ! moi je vous dis : Quiconque se fâche contre son frère en répondra au tribunal ; mais s'il dit à son frère : "Crétin !", il en répondra au Sanhédrin ; et s'il lui dit "Rénégat !", il en répondra dans la géhenne de feu. Quand donc tu présentes ton offrande à l'autel, si là tu te souviens que ton frère a quelque chose contre toi, laisse là ton offrande, devant l'autel, et va d'abord te réconcilier avec ton frère ; puis reviens, et alors présente ton offrande. Hâte-toi de t'accorder avec ton adversaire, tant que tu es encore avec lui sur le chemin, de peur que l'adversaire ne te livre au juge, et le juge au garde, et qu'on ne te jette en prison. En vérité, je te le dis : tu ne sortiras pas de là, que tu n'aies rendu jusqu'au dernier sou.

« Vous avez entendu qu'il a été dit : *Tu ne commettras pas l'adultère*. Eh bien ! moi je vous dis : Quiconque regarde une femme pour la désirer a déjà commis, dans son cœur, l'adultère avec elle. Que si ton œil droit est pour toi une occasion de péché, arrache-le et jette-le loin de toi : car mieux vaut pour toi que périsse un seul de tes membres et que tout ton corps ne soit pas jeté dans la géhenne. Et si ta main droite est pour toi une occasion de péché, coupe-la et jette-la loin de toi : car mieux vaut pour toi que périsse un seul de tes membres et que tout ton corps ne s'en aille pas dans la géhenne.

« Il a été dit d'autre part : *Quiconque répudiera sa femme, qu'il lui remette un acte de divorce.* Eh bien ! moi je vous dis : Tout homme qui répudie sa femme, hormis le cas de "prostitution", l'expose à l'adultère ; et quiconque épouse une répudiée, commet un adultère.

« Vous avez encore entendu qu'il a été dit aux ancêtres : *Tu ne te parjureras pas, mais tu t'acquitteras envers le Seigneur de tes serments.* Eh bien ! moi je vous dis de ne pas jurer du tout : ni par *le Ciel*, car c'est *le trône de Dieu* ; ni par *la Terre*, car c'est *l'escabeau de ses pieds* ; ni par *Jérusalem*, car c'est *la Ville du grand Roi*. Ne jure pas non plus par ta tête, car tu ne peux en rendre un seul cheveu blanc ou noir. Que votre langage soit : "Oui ? oui", "Non ? non" : ce qu'on dit de plus vient du Mauvais.

« Vous avez entendu qu'il a été dit : *Œil pour œil et dent pour dent*. Eh bien ! moi je vous dis de ne pas tenir tête au méchant : au contraire, quelqu'un te donne-t-il un soufflet sur la joue droite, tends-lui encore l'autre ; veut-il te faire un procès et prendre ta tunique, laisse-lui même ton manteau ; te requiert-t-il pour une course d'un mille, fais-en deux avec lui. À qui te demande, donne ; à qui veut t'emprunter, ne tourne pas le dos.

« Vous avez entendu qu'il a été dit : *Tu aimeras ton prochain* et tu haïras ton ennemi. Eh bien ! moi je vous dis : Aimez vos ennemis, et priez pour vos persécuteurs, afin de devenir fils de votre Père qui est aux cieux, car il fait lever son soleil sur les méchants et sur les bons, et tomber la pluie sur les justes et sur les injustes. Car si vous aimez ceux qui vous aiment, quelle récompense aurez-vous ? Les publicains eux-mêmes n'en font-ils pas autant ? Et si vous réservez vos saluts à vos frères, que faites-vous d'extraordinaire ? Les païens eux-mêmes n'en font-ils pas autant ? Vous donc, vous serez parfaits comme votre Père céleste est parfait.

« Gardez-vous de pratiquer votre justice devant les hommes, pour vous faire remarquer d'eux ; sinon, vous n'aurez pas de récompense auprès de votre Père qui est dans les cieux. Quand donc tu fais l'aumône, ne va pas le claironner devant toi ; ainsi font les hypocrites, dans les synagogues et les rues, afin d'être glorifiés par les hommes ; en vérité je vous le dis, ils tiennent déjà leur récompense. Pour toi, quand tu fais l'aumône, que ta main gauche ignore ce que fait ta main droite, afin que ton aumône soit secrète ; et ton Père, qui voit dans le secret, te le rendra.

« Et quand vous priez, ne soyez pas comme les hypocrites : ils aiment, pour faire leurs prières, à se camper dans les synagogues et les carrefours, afin qu'on les voie. En vérité je vous le dis, ils tiennent déjà leur récompense. Pour toi, quand tu pries, *retire-toi dans ta chambre, ferme sur toi la porte, et prie* ton Père qui est là, dans le secret ; et ton Père, qui voit dans le secret, te le rendra.

« Dans vos prières, ne rabâchez pas comme les païens : ils s'imaginent qu'en parlant beaucoup ils se feront mieux écouter. N'allez pas faire comme eux ; car votre Père sait bien ce qu'il vous faut, avant que vous le lui demandiez.

« Vous donc, priez ainsi :

Notre Père qui es dans les cieux,
que ton Nom soit sanctifié,
que ton Règne vienne,
que ta volonté soit faite
sur la terre comme au ciel.
Donne-nous aujourd'hui notre pain quotidien.
Remets-nous nos dettes
comme nous-mêmes avons remis à nos débiteurs.
Et ne nous soumets pas à la tentation ;
mais délivre-nous du Mauvais.

« Oui, si vous remettez aux hommes leurs manquements votre Père céleste vous remettra aussi ; mais si vous ne remettez pas aux hommes, votre Père non plus ne vous remettra pas vos manquements.

« Quand vous jeûnez, ne vous donnez pas un air sombre comme font les hypocrites : ils prennent une mine défaite, pour que les hommes voient bien qu'ils jeûnent. En vérité je vous le dis, ils tiennent déjà leur récompense. Pour toi, quand tu jeûnes, parfume ta tête et lave ton visage, pour que ton jeûne soit connu, non des hommes, mais de ton Père qui est là, dans le secret ; et ton Père, qui voit dans le secret, te le rendra.

« Ne vous amassez point de trésors sur la terre, où la mite et le ver consument, où les voleurs percent et cambriolent. Mais amassez-vous des trésors dans le ciel : là, point de mite ni de ver qui consument, point de voleurs qui perforent et cambriolent. Car où est ton trésor, là sera aussi ton cœur.

« La lampe du corps, c'est l'œil. Si donc ton œil est sain, ton corps tout entier sera lumineux. Mais si ton œil est malade, ton corps tout entier sera ténébreux. Si donc la lumière qui est en toi est ténèbres, quelles ténèbres !

« Nul ne peut servir deux maîtres : ou il haïra l'un et aimera l'autre, ou il s'attachera à l'un et méprisera l'autre. Vous ne pouvez servir Dieu et l'Argent.

« Voilà pourquoi je vous dis : Ne vous inquiétez pas pour votre vie de ce que vous mangerez, ni pour votre corps de quoi vous le vêtirez. La vie n'est-elle pas plus que la nourriture, et le corps plus que le vêtement ? Regardez les oiseaux du ciel : ils ne sèment ni ne moissonnent ni ne recueillent en des greniers, et votre Père céleste les nourrit ! Ne valez-vous pas plus qu'eux ? Qui d'entre vous d'ailleurs peut, en s'en inquiétant, ajouter une seule coudée à la longueur de sa vie ? Et du vêtement, pourquoi vous inquiéter ? Observez les lis des champs, comme ils poussent : ils ne peinent ni ne filent. Or je vous dis que Salomon lui-même, dans toute sa gloire, n'a pas été vêtu comme l'un d'eux. Que si Dieu habille de la sorte l'herbe des champs, qui est aujourd'hui et demain sera jetée au four, ne fera-t-il pas bien plus pour vous, gens de peu de foi ! Ne vous inquiétez donc pas en disant : Qu'allons-nous manger ? qu'allons-nous boire ? de quoi allons-nous nous vêtir ? Ce sont là toutes choses dont les païens sont en quête. Or votre Père céleste sait que vous avez besoin de tout cela. Cherchez d'abord son Royaume et sa justice, et tout cela vous sera donné par surcroît. Ne vous inquiétez donc pas du lendemain : demain s'inquiétera de lui-même. À chaque jour suffit sa peine.

« Ne jugez pas, afin de n'être pas jugés ; car, du jugement dont vous jugez on vous jugera, et de la mesure dont vous mesurez on mesurera pour vous. Qu'as-tu à regarder la paille qui est dans l'œil de ton frère ? Et la poutre qui est dans ton œil à toi, tu ne la remarques pas ! Ou bien comment vas-tu dire à ton frère : “Laisse moi ôter la paille de ton œil”, et voilà que la poutre est dans ton œil ! Hypocrite, ôte d'abord la poutre de ton œil, et alors tu verras clair pour ôter la paille de l'œil de ton frère.

« Ne donnez pas aux chiens ce qui est sacré, ne jetez pas vos perles devant les porcs, de crainte qu'ils ne les piétinent, puis se retournent contre vous pour vous déchirer.

« Demandez et l'on vous donnera ; cherchez et vous trouverez ; frappez et l'on vous ouvrira. Car quiconque demande reçoit ; qui cherche trouve ; et à qui frappe on ouvrira. Quel est d'entre vous l'homme auquel son fils demandera du pain, et qui lui remettra une pierre ? ou encore, s'il lui demande un poisson, lui remettra-t-il un serpent ? Si donc vous, qui êtes mauvais, vous savez donner de bonnes choses à vos enfants, combien plus votre Père qui est dans les cieux en donnera-t-il de bonnes à ceux qui l'en prient !

« Ainsi, tout ce que vous voulez que les hommes fassent pour vous, faites-le vous-mêmes pour eux : voilà la Loi et les Prophètes.

« Entrez par la porte étroite. Large, en effet, et spacieux est le chemin qui mène à la perdition, et il en est beaucoup qui s'y engagent ; mais étroite est la porte et resserré le chemin qui mène à la Vie, et il en est peu qui le trouvent. »

*

* *

2) Blaise Pascal, *Pensées*, « Le pari », Fragment 233, éd. Brunschvicg [1897] ; GF-Flammarion, 1976.

[...] Parlons maintenant selon les lumières naturelles.

S'il y a un Dieu, il est infiniment incompréhensible, puisque, n'ayant ni parties ni bornes, il n'a nul rapport à nous. Nous sommes donc incapables de connaître ni ce qu'il est, ni s'il est. Cela étant, qui osera entreprendre de résoudre cette question ? Ce n'est pas nous, qui n'avons aucun rapport à lui.

Qui blâmera donc les chrétiens de ne pouvoir rendre raison de leur créance, eux qui professent une religion dont ils ne peuvent rendre raison ? Ils déclarent, en l'exposant au monde, que c'est une sottise, *stultitiam* ; et puis, vous vous plaignez de ce qu'ils ne la prouvent pas ! S'ils la prouvaient, ils ne tiendraient pas parole ; c'est en manquant de preuves qu'ils ne manquent pas de sens. – « Oui ; mais encore que cela excuse ceux qui l'offrent telle, et les ôte de blâme de la produire sans raison, cela n'excuse pas ceux qui la reçoivent. » – Examinons donc ce point, et disons : « Dieu est, ou il n'est pas. » Mais de quel côté pencherons-nous ? La raison n'y peut rien déterminer : il y a un chaos infini qui nous sépare. Il se joue un jeu, à l'extrémité de cette distance infinie, où il arrivera croix ou pile. Que gagerez-vous ? Par raison, vous ne pouvez faire ni l'un ni l'autre ; par raison, vous ne pouvez défendre nul des deux. Ne blâmez donc pas de fausseté ceux qui ont pris un choix ; car vous n'en savez rien. – « Non ; mais je les blâmerai d'avoir fait, non ce choix, mais un choix ; car, encore que celui qui prend croix et l'autre soient en pareille faute, ils sont tous deux en faute : le juste est de ne point parier. » – Oui ; mais il faut parier. Cela n'est pas volontaire : vous êtes embarqué. Lequel prendrez-vous donc ? Voyons. Puisqu'il faut choisir, voyons ce qui vous intéresse le moins. Vous avez deux choses à perdre : le vrai et le bien, et deux choses à engager : votre raison et votre volonté, votre connaissance et votre béatitude ; et votre nature a deux choses à fuir : l'erreur et la misère. Votre raison n'est pas plus blessée, en choisissant l'un que l'autre, puisqu'il faut nécessairement choisir. Voilà un point vidé. Mais votre béatitude ? Pesons le gain et la perte, en prenant croix que Dieu est. Estimons ces deux cas : si vous gagnez, vous gagnez tout ; si vous perdez, vous ne perdez rien. Gagez donc qu'il est, sans hésiter. – « Cela est admirable. Oui, il faut gager ; mais je gage peut-être trop. » – Voyons. Puisqu'il y a pareil hasard de gain et de perte, si vous n'aviez qu'à gagner deux vies pour une, vous pourriez encore gager ; mais s'il y en avait trois à gagner, il faudrait jouer (puisque vous êtes dans la nécessité de jouer), et vous seriez imprudent, lorsque vous êtes forcé à jouer, de ne pas hasarder votre vie pour en gagner trois à un jeu où il y a pareil hasard de perte et de gain. Mais il y a une éternité de vie et de bonheur. Et cela étant, quand il y aurait une infinité de hasards dont un seul serait pour vous, vous auriez encore raison de gager un pour avoir deux, et vous agiriez de mauvais sens, étant obligé à jouer, de refuser de jouer une vie contre trois à un jeu où d'une infinité de hasards il y en a un pour vous, s'il y avait une infinité de vie infiniment heureuse à gagner. Mais il y a ici une infinité de vie infiniment heureuse à gagner, un hasard de gain contre un nombre fini de hasards de perte, et ce que vous jouez est fini. Cela ôte tout parti ; partout où est l'infini, et où il n'y a pas infinité de hasards de perte contre celui de gain, il n'y a point à balancer, il faut tout donner. Et ainsi, quand on est forcé à jouer, il faut renoncer à la raison pour garder la vie, plutôt que de la hasarder pour le gain infini aussi prêt à arriver que la perte du néant.

Car il ne sert de rien de dire qu'il est incertain si on gagnera et qu'il est certain qu'on hasarde, et que l'infinie distance qui est entre la *certitude* de ce qu'on s'expose, et l'*incertitude* de ce qu'on gagnera, égale le bien fini, qu'on expose certainement, à l'infini, qui est incertain. Cela n'est pas ; aussi tout joueur hasarde avec certitude pour gagner avec incertitude ; et néanmoins il hasarde certainement le fini pour gagner incertainement le fini, sans pécher contre la raison. Il n'y a pas infinité de distance entre cette certitude de ce qu'on s'expose et l'incertitude du gain ; cela est faux. Il y a, à la vérité, infinité entre la certitude de gagner et la certitude de perdre. Mais l'incertitude de gagner est proportionnée à la certitude de ce qu'on hasarde, selon la proportion des hasards de gain et de perte. Et de là vient que, s'il y a autant de hasards d'un côté que de l'autre, le parti est à jouer égal contre égal ;

et alors la certitude de ce qu'on s'expose est égale à l'incertitude du gain : tant s'en faut qu'elle en soit infiniment distante. Et ainsi, notre proposition est dans une force infinie, quand il y a le fini à hasarder à un jeu où il y a pareils hasards de gain que de perte, et l'infini à gagner. Cela est démonstratif ; et, si les hommes sont capables de quelque vérité, celle-là l'est. – « Je le confesse, je l'avoue. Mais encore n'y a-t-il point moyen, de voir le dessous du jeu ? » – Oui, l'Écriture, et le reste, etc.

– « Oui ; mais j'ai les mains liées et la bouche muette ; on me force à parier, et je ne suis pas en liberté ; on ne me relâche pas, et je suis fait d'une telle sorte que je ne puis croire. Que voulez-vous donc que je fasse ? »

– Il est vrai. Mais apprenez au moins votre impuissance à croire, puisque la raison vous y porte, et que néanmoins vous ne le pouvez. Travaillez donc, non pas à vous convaincre par l'augmentation des preuves de Dieu, mais par la diminution de vos passions. Vous voulez aller à la foi, et vous n'en savez pas le chemin ; vous voulez vous guérir de l'infidélité, et vous en demandez le remède : apprenez de ceux qui ont été liés comme vous, et qui parient maintenant tout leur bien ; ce sont gens qui savent ce chemin que vous voudriez suivre, et guéris d'un mal dont vous voulez guérir. Suivez la manière par où ils ont commencé : c'est en faisant tout comme s'ils croyaient, en prenant de l'eau bénite, en faisant dire des messes, etc. Naturellement même cela vous fait croire et vous abêtira. – « Mais c'est ce que je crains. » – Et pourquoi ? qu'avez-vous à perdre ?

Mais pour vous montrer que cela y mène, c'est que cela diminuera les passions, qui sont vos grands obstacles.

Fin de ce discours. – Or, quel mal vous arrivera-t-il en prenant ce parti ? Vous serez fidèle, honnête, humble, reconnaissant, bienfaisant, ami sincère, véritable. À la vérité, vous ne serez point dans les plaisirs empestés, dans la gloire, dans les délices ; mais n'en aurez-vous point d'autres ? Je vous dis que vous y gagnerez en cette vie ; et qu'à chaque pas que vous ferez dans ce chemin, vous verrez tant de certitude du gain, et tant de néant de ce que vous avez parié pour une chose certaine, infinie, pour laquelle vous n'avez rien donné.

– « Oh ! ce discours me transporte, me ravit, etc. »

– Si ce discours vous plaît et vous semble fort, sachez qu'il est fait par un homme qui s'est mis à genoux auparavant et après, pour prier cet Être infini et sans parties, auquel il soumet tout le sien, de se soumettre aussi le vôtre pour votre propre bien et pour sa gloire ; et qu'ainsi la force s'accorde avec cette bassesse.

*

* *

3) PIERRE BAYLE, *PENSÉES DIVERSES SUR LA COMÈTE*, 1680, édition Pierre Rétat, Librairie Nizet, 1984 ; GF-Flammarion, 2007.

Les paragraphes 161, 172 et 177 retenus ici ont été célèbres et ont servi de référence à un débat qui court tout au long du XVIII*e* *siècle : une société d'athées est-elle possible ? La question – qui est une question rhétorique qui comporte en elle sa réponse, évidemment négative – est posée aussi bien par les apologistes de la religion que par les théistes. Pour les deux la religion est avant tout définie par sa fonction de police sociale : elle serait censée contenir les vices et les passions dangereuses, éduquer à la vertu et finalement assurer le lien de la société. La vérité de la religion n'est pas en cause : on suppose qu'elle peut maintenir les hommes, naturellement pécheurs, dans la voie de la décence et de l'honnêteté, ce que les lois civiles n'auraient pas la force d'obtenir. Si la religion est créditée de ce pouvoir c'est parce qu'on pense qu'elle agit sur la volonté humaine en faisant valoir la crainte des châtiments éternels ou la récompense des bonnes actions après la mort. Selon ce raisonnement, l'athéisme apparaît comme une doctrine dangereuse socialement, puisqu'il relâche le frein des passions. Mieux encore, on pense qu'une société composée d'athées serait si moralement corrompue qu'elle serait invivable, laissant à ceux qui auraient les passions les plus violentes le pouvoir de dominer les autres. Enfin, on avance l'idée que si, à la limite, l'athéisme peut être une doctrine défendue par quelques écrivains, s'appuyant sur des raisonnements et sur une connaissance historique des hommes, une fois diffusé parmi le peuple, il deviendrait très vite une justification de la licence la plus effrénée. Y compris pour des athées, l'athéisme ne peut qu'être réservé à une élite de penseurs que le rejet de l'existence de Dieu n'empêche pas de connaître les vrais fondements de la morale. Pierre Bayle soutient, dans l'article 161 des* Pensées*, la possibilité qu'existe* *une société d'athées à la condition que la vie sociale repose sur des lois pénales sévères, condition du reste déjà réalisée. Dans les articles 172 et 177, il précise que l'ignorance de Dieu n'empêche pas les hommes de juger la valeur des sentiments et des actions morales et d'en faire des règles de vie honnête : mieux, ces hommes retrouveraient les vertus évangéliques, preuve que les comportements moraux sont indépendants des opinions religieuses.*

Les paragraphes 135, 136 et 176 ont pour objet l'explication de l'écart que l'on observe entre les opinions et les comportements. Au lieu d'analyser cet écart comme la preuve de l'inconséquence dommageable humaine, Pierre Bayle cherche à montrer que les règles morales sont des produits naturels, immanents, de la vie sociale. Les païens qui ne connaissaient pas le vrai Dieu furent capables de vertus. Indépendantes des « principes », les règles morales reposent sur le tempérament, l'inclination naturelle pour le bien renforcée par le désir de plaire à ceux avec qui l'on vit. Inversement, il est patent que des chrétiens se conduisent comme s'ils n'obéissaient pas aux préceptes du Sermon sur la montagne.

161

Conjectures sur les mœurs d'une société qui serait sans religion

Après toutes ces remarques, je ne ferai pas difficulté de dire, si l'on veut savoir ma conjecture touchant une société d'athées, qu'il me semble qu'à l'égard des mœurs et des actions civiles elle serait toute semblable à une société de païens. Il y faudrait à la vérité des lois fort sévères et fort bien exécutées pour la punition des criminels. Mais n'en faut-il pas partout ? Et oserions-nous sortir de nos maisons si le vol, le meurtre et les autres voies de fait étaient permises par les lois du prince ? N'est-ce pas uniquement la nouvelle vigueur que le roi a donnée aux lois pour réprimer la hardiesse des filous qui nous met à couvert de leurs insultes la nuit et le jour dans les rues de Paris ? Sans cela, ne serions-nous pas exposés aux mêmes violences que sous les autres règnes, quoique les prédicateurs et les confesseurs fassent encore mieux leur devoir qu'ils ne faisaient autrefois ? Malgré les roues, et le zèle des magistrats, et la diligence des prévôts, combien se fait-il de meurtres et de brigandages jusque dans les lieux et dans le temps où l'on exécute les criminels ? On peut dire sans faire le déclamateur que la justice humaine fait la vertu de la plus grande partie du monde, car dès qu'elle lâche la bride à quelque péché, peu de personnes s'en garantissent.

172

Si une société d'athées se ferait des lois de bienséance et d'honneur

On voit à cette heure combien il est apparent qu'une société d'athées pratiquerait les actions civiles et morales aussi bien que les pratiquent les autres sociétés, pourvu qu'elle fît sévèrement punir les crimes et qu'elle attachât de l'honneur et de l'infamie à certaines choses. Comme l'ignorance d'un premier être créateur et conservateur du monde n'empêcherait pas les membres de cette société d'être sensibles à la gloire et au mépris, à la récompense et à la peine, et à toutes les passions qui se voient dans les autres hommes, et n'étoufferait pas toutes les lumières de la raison, on verrait parmi eux des gens qui auraient de la bonne foi dans le commerce, qui assisteraient les pauvres, qui s'opposeraient à l'injustice, qui seraient fidèles à leurs amis, qui mépriseraient les injures, qui renonceraient aux voluptés du corps, qui ne feraient tort à personne, soit parce que le désir d'être loués les pousserait à toutes ces belles actions qui ne sauraient manquer d'avoir l'approbation publique, soit parce que le dessein de se ménager des amis et des protecteurs en cas de besoin les y porterait. Les femmes s'y piqueraient de pudicité, parce qu'infailliblement cela leur acquerrait l'amour et l'estime des hommes. Il s'y ferait des crimes de toutes les espèces, je n'en doute point ; mais il ne s'y en ferait pas plus que dans les sociétés idolâtres, parce que tout ce qui a fait agir les païens, soit pour le bien, soit pour le mal, se trouverait dans une société d'athées, savoir les peines et les récompenses, la gloire et l'ignominie, le tempérament et l'éducation. Car pour cette grâce sanctifiante qui nous remplit de l'amour de Dieu et qui nous fait triompher de nos mauvais habitudes, les païens en sont aussi dépourvus que les athées.

Qui voudra se convaincre pleinement qu'un peuple destitué de la connaissance de Dieu se ferait des règles d'honneur et une grande délicatesse pour les observer n'a qu'à prendre garde qu'il y a parmi les chrétiens un certain honneur du monde qui est directement contraire à l'esprit de l'Évangile. Je voudrais bien savoir d'après quoi on a tiré ce plan d'honneur duquel les chrétiens sont si idolâtres qu'ils lui sacrifient toutes choses. Est-ce parce qu'ils savent qu'il y a un Dieu, un Évangile, une résurrection, un Paradis et un Enfer, qu'ils croient que c'est déroger à son honneur que de laisser un affront impuni, que de céder la première place à un autre, que d'avoir moins de fierté et moins d'ambition que ses égaux ? On m'avouera que non. Que l'on parcoure toutes les idées de la bienséance qui ont lieu parmi les chrétiens, à peine en trouvera-t-on deux qui aient été empruntées de la religion ; et quand les choses deviennent honnêtes, de malséantes qu'elles étaient, ce n'est nullement parce que l'on a mieux consulté la morale de l'Évangile. Les femmes se sont avisées depuis quelque temps qu'il était d'un plus grand air de qualité de s'habiller en public et devant le monde, d'aller à cheval, de courir à toute bride après une bête, etc., et elles ont tant fait qu'on ne regarde plus cela comme éloigné de la modestie. Est-ce la religion qui a changé nos idées à cet égard ? Comparez un peu les manières de plusieurs nations qui professent le christianisme ; comparez-les, dis-je, les unes avec les autres, vous verrez que ce qui passe pour malhonnête dans un pays ne l'est point du tout ailleurs. Il faut donc que les idées d'honnêteté qui sont parmi les chrétiens ne viennent pas de la religion qu'ils professent. Il y en a quelques-unes de générales, je l'avoue, car nous n'avons point de nations chrétiennes où il soit honteux à une femme d'être chaste. Mais pour agir de bonne foi, il faut confesser que cette idée est plus vieille ni que l'Évangile, ni que Moïse : c'est une certaine impression qui est aussi vieille que le monde, et je vous ferai voir tantôt que les païens ne l'ont pas empruntée de leur religion. Avouons donc qu'il y a des idées d'honneur dans le genre humain qui sont un ouvrage de la nature, c'est-à-dire de la providence générale. Avouons-le surtout de cet honneur dont nos braves sont si jaloux et qui est si opposé à la loi de Dieu. Et comment douter après cela que la nature ne pût faire parmi les athées, où la connaissance de l'Évangile ne la contrecarrerait pas, ce qu'elle fait parmi les chrétiens ?

177

Quelle est la raison pourquoi on se représente les athées extraordinairement méchants

Mais d'où vient donc, me dira-t-on, que tout le monde se figure les athées comme les plus grands scélérats de l'univers, qui tuent, qui violent, qui ravissent tout ce qu'ils peuvent ? C'est qu'on s'imagine faussement qu'un homme agit toujours selon ses principes, c'est-à-dire selon ce qu'il croit en matière de religion. C'est qu'on a vu des personnes sans religion commettre les plus effroyables désordres qui se pussent voir, le sultan Mahomet II par exemple, et qu'on ne considère pas que ces gens-là n'en feraient pas moins quand même ils croiraient en général qu'il y a un Dieu, comme il paraît par l'exemple de Néron que j'ai déjà rapporté, et par celui de Bajazet, qui a été pour le moins aussi féroce, aussi cruel et aussi vicieux que l'autre sultan. C'est qu'on ne distingue point les athées qui commencent par douter d'avec ceux qui finissent par douter. Ceux-là sont pour l'ordinaire de faux savants qui se piquent de raison et de mépris pour les voluptés corporelles. Les autres sont des âmes souillées de toute sorte de vices et capables des plus noires méchancetés, qui, s'apercevant que la crainte des Enfers vient quelquefois troubler leur repos et comprenant qu'il est de leur intérêt qu'il n'y ait point de Dieu, tâchent de se le persuader. Un de nos plus illustres prélats semble croire qu'il n'y a point d'autres personnes que celles-là qui donnent dans l'athéisme. *Nous pouvons dire*, remarque-t-il, *tout le contraire de ce que disait ce philosophe impie et libertin qui assurait, plutôt par le plaisir de dire un bon mot que par une véritable conviction, que c'était la crainte qui avait établi la créance de la divinité. Car c'est au contraire la seule crainte des châtiments qui fait que quelques-uns cherchent à se persuader qu'il n'y a point de Dieu.* Je ne crois pas que tous les athées soient de cette espèce ; je crois seulement qu'il y a des gens qui tâchent de se persuader l'athéisme. Soit qu'ils en viennent à bout, soit qu'ils n'y puissent pas réussir, ce sont les plus méchants hommes du monde. Mais ils ne sont pas méchants parce qu'ils sont athées ; ils deviennent athées parce qu'ils ont été méchants ; et s'ils ne peuvent pas devenir athées, ils ne laissent pas de vivre comme s'ils l'étaient. Car dès qu'un homme est capable de vouloir être athée et de faire des efforts pour cela, il est de la plus effroyable malice qui puisse tomber dans une âme ; et si Dieu ne fait pas des miracles pour le conserver, c'est un homme qui fera tous les crimes qui seront en son pouvoir, quoiqu'il ne puisse venir à bout de passer dans l'athéisme. De sorte qu'un tel homme est incomparablement plus éloigné du chemin de son salut qu'un athée de naissance, qu'un incrédule sans dessein et de bonnes mœurs. Or, parce que ceux qui étouffent ou qui tâchent d'étouffer dans leur âme par belle malice la connaissance de Dieu sont les plus insignes débauchés et les plus déterminés pécheurs qui soient au monde, on se persuade que tous les athées indifféremment sont des scélérats.

135

Pourquoi il y a tant de différence entre ce qu'on croit et ce qu'on fait

Voilà le véritable dénouement de cette difficulté. Quand on compare les mœurs d'un homme qui a une religion avec l'idée générale que l'on se forme des mœurs de cet homme, on est tout surpris de ne trouver aucune conformité entre ces deux choses. L'idée générale veut qu'un homme qui croit un dieu, un paradis et un enfer, fasse tout ce qu'il connaît être agréable à Dieu et ne fasse rien de ce qu'il sait lui être désagréable. Mais la vie de cet homme nous montre qu'il fait tout le contraire. Voulez-vous savoir la cause de cette incongruité ? La voici : c'est que l'homme ne se détermine pas à une certaine action plutôt qu'à une autre par les connaissances générales qu'il a de ce qu'il doit faire, mais par le jugement particulier qu'il porte de chaque chose lorsqu'il est sur le point d'agir. Or ce jugement particulier peut bien être conforme aux idées générales que l'on a de ce qu'on doit faire, mais le plus souvent il ne l'est pas. Il s'accommode presque toujours à la passion dominante du cœur, à la pente du tempérament, à la force des habitudes contractées et au goût ou à la sensibilité que l'on a pour certains objets. Le poète qui a fait dire à Médée *je vois et j'approuve le bien, mais je fais le mal* a parfaitement bien représenté la différence qui se rencontre entre les lumières de la conscience et le jugement particulier qui nous fait agir. La conscience connaît en général la beauté de la vertu et nous force de tomber d'accord qu'il n'y a rien de plus louable que les bonnes mœurs. Mais quand le cœur est une fois possédé d'un amour illégitime ; quand on voit qu'en satisfaisant cet amour on goûtera du plaisir et qu'en ne le satisfaisant pas on se plongera dans des chagrins et dans des inquiétudes insupportables, il n'y a lumière de conscience qui tienne, on ne consulte plus que la passion et l'on juge qu'il faut agir *hic et nunc* contre l'idée générale que l'on a de son devoir. Ce qui montre qu'il n'y a rien de plus sujet à l'illusion que de juger des mœurs d'un homme par les opinions générales dont il est imbu. C'est encore pis que si l'on jugeait de ses actions par ses livres ou par ses harangues, qui néanmoins sont de forts mauvais garants des inclinations de l'auteur ; car que peut-on voir de plus grave que les plaintes de Salluste contre la corruption de son siècle ? Les plus sévères observateurs de l'ancienne discipline n'eussent pas mieux dit. Cependant Salluste n'était pas plus sage qu'un autre. Le censeur fut obligé de le reprendre de sa mauvaise vie en plein sénat : il fut accusé deux fois d'adultère devant le préteur ; et y ayant été surpris par Milon, il n'en fut quitte que pour une bonne somme d'argent qu'il fut obligé de payer après avoir eu les étrivières. Si nous avions la harangue que Clodius prononça devant le sénat pour se plaindre de la profanation des choses saintes, nous y verrions sans doute toutes les marques d'une grande piété et beaucoup de ces figures de rhétorique qui représentent si vivement l'atrocité d'une action. Cependant Clodius n'était rien moins que zélé pour le service divin. Il se vantait lui-même d'avoir été foudroyé par deux cents arrêts du sénat pour des affaires de religion, et il avait profané les mystères de la bonne déesse avec la dernière insolence. […]

136

Que l'homme n'agit pas selon ses principes

Que l'homme soit une créature raisonnable, tant qu'il vous plaira ; il n'en est pas moins vrai qu'il n'agit presque jamais conséquemment à ses principes. Il a bien la force, dans les choses de spéculation, de ne point tirer de mauvaises conséquences, car dans cette sorte de matières il pèche beaucoup plus par la facilité qu'il a de recevoir de faux principes que par les fausses conclusions qu'il en infère. Mais c'est tout autre chose quand il est question des bonnes mœurs. Ne donnant presque jamais dans des faux principes, retenant presque toujours dans sa conscience les idées de l'équité naturelle, il conclut néanmoins presque toujours à l'avantage de ses désirs déréglés. D'où vient, je vous prie, qu'encore qu'il y ait parmi les hommes une prodigieuse diversité d'opinions touchant la manière de servir Dieu et de vivre selon les lois de la bienséance, on voit néanmoins certaines passions régner constamment dans tous les pays et dans tous les siècles ? que l'ambition, l'avarice, l'envie, le désir de se venger, l'impudicité et tous les crimes qui peuvent satisfaire ces passions se voient partout ? que le juif et le mahométan, le Turc et le Maure, le chrétien et l'Infidèle, l'Indien et le Tartare, l'habitant de la terre ferme et l'habitant des îles, le noble et le roturier, toutes ces sortes de gens qui dans le reste ne conviennent, pour ainsi dire, que dans la notion générale d'homme, sont si semblables à l'égard de ces passions que l'on dirait qu'ils se copient les uns les autres ? D'où vient tout cela, sinon de ce que le véritable principe des actions de l'homme (j'excepte ceux en qui la grâce du Saint-Esprit se déploie avec toute son efficace) n'est autre que le tempérament, l'inclination naturelle pour le plaisir, le goût que l'on contracte pour certains objets, le désir de plaire à quelqu'un, une habitude gagnée dans le commerce de ses amis, ou quelque autre disposition qui résulte du fond de notre nature, en quelque pays que l'on naisse et de quelques connaissances que l'on nous remplisse l'esprit ?

Il faut bien que cela soit, puisque les anciens païens, accablés d'une multitude incroyable de superstitions, perpétuellement occupés à apaiser la colère de leurs idoles, épouvantés par une infinité de prodiges, imaginant que les dieux étaient les dispensateurs de l'adversité et de la prospérité selon la vie que l'on menait, n'ont pas laissé de commettre tous les crimes imaginables. Et si cela n'était pas, comment serait-il possible que les chrétiens, qui connaissent si clairement par une révélation soutenue de tant de miracles qu'il faut renoncer au vice pour être éternellement heureux et pour n'être pas éternellement malheureux ; qui ont tant d'excellents prédicateurs payés pour leur faire là-dessus les plus vives et les plus pressantes exhortations du monde ; qui trouvent partout tant de directeurs de conscience zélés et savants, et tant de livres de dévotion ; comment, dis-je, serait-il possible, parmi tout cela, que les chrétiens vécussent, comme ils le font, dans les plus énormes dérèglements du vice ?

176

Que l'homme ne règle pas sa vie sur ses opinions

Je conçois que c'est une chose bien étrange qu'un homme qui vit bien moralement et qui ne croit ni Paradis ni Enfer. Mais j'en reviens toujours là, que l'homme est une certaine créature qui, avec toute sa raison, n'agit pas toujours conséquemment à sa créance. Les chrétiens nous en fournissent assez de preuves. Cicéron l'a remarqué à l'égard de plusieurs épicuriens qui étaient bons amis, honnêtes gens et d'une conduite accommodée non pas au désir de la volupté mais aux règles de la raison : *Ils vivent mieux*, dit-il, *qu'ils ne parlent, au lieu que les autres parlent mieux qu'ils ne vivent*. On a fait une semblable remarque sur la conduite des stoïciens. Leurs principes étaient que toutes choses arrivent par une fatalité si inévitable que Dieu lui-même ne peut, ni n'a pu jamais l'éviter. Naturellement cela les devait conduire à ne s'exciter de rien, à n'user jamais ni d'exhortations, ni de menaces, ni de censures, ni de promesses. Cependant il n'y a jamais eu de philosophes qui se soient plus servi de tout cela qu'eux ; et toute leur conduite faisait voir qu'ils se croyaient entièrement les maîtres de leur destinée. Les Turcs tiennent quelque chose de cette doctrine des stoïciens et outrent extrêmement la matière de la prédestination. Cependant, on les voit fuir le péril comme les autres hommes le fuient, et il s'en faut bien qu'ils ne montent à l'assaut aussi hardiment que les Français qui ne croient point la prédestination. Tout ce qu'on nous dit de la sécurité de ces Infidèles, fondée sur l'opinion qu'ils ont de l'immutabilité de leur sort, sont des contes. Ils se servent des lumières de leur prudence tout comme nous et châtient certaines fautes encore plus sévèrement que nous. On voit des chrétiens qui nient la prédestination ; on en voit aussi qui la croient. Quelques-uns prétendent que l'on peut être assuré de son salut, que l'on ne perd jamais la grâce, que l'on n'est point sauvé par ses œuvres, qu'il ne faut confesser ses péchés qu'à Dieu et qu'il n'y a point de Purgatoire ; d'autres nient tout cela. Mais malgré cette différence dans les dogmes, ils se gouvernent les uns et les autres de la même façon pour ce qui regarde les mœurs. S'ils diffèrent en quelque chose, cela vient du génie particulier de chaque nation et non pas du génie de la secte.

Ce serait une chose infinie que de parcourir toutes les bizarreries de l'homme qui font voir que c'est non seulement le plus sot de tous les animaux, comme l'a prouvé M. Des Préaux dans l'une de ses satires, mais aussi un monstre plus monstrueux que les centaures et que la chimère de la fable ; ce qui, au dire de M. Pascal, est une forte preuve de la vérité qui nous est récitée dans le livre de la Genèse, touchant la chute du premier homme. Il est certain que c'est là qu'il faut chercher le dernier dénouement de toutes les contradictions qui se voient dans notre espèce. Mais cela n'empêche pas que le principe que j'ai posé ne serve à débrouiller un peu ce chaos. Car s'il est vrai que les persuasions générales de l'esprit ne sont pas le ressort de nos actions et que c'est le tempérament, la coutume, ou quelque passion particulière qui nous déterminent, il peut y avoir une disproportion énorme entre ce que l'on croit et ce que l'on fait. Donc il est aussi facile qu'un athée se prive de ses plaisirs en faveur d'un autre qu'il est facile qu'un idolâtre fasse un faux serment. Ainsi l'on voit que, de ce qu'un homme n'a point de religion, il ne s'ensuit pas nécessairement qu'il se porte à toute sorte de crimes ou à toute sorte de plaisirs. Il s'ensuit seulement qu'il se porte aux choses pour lesquelles son tempérament et le tour de son esprit lui donnent de la sensibilité ; encore faut-il que la crainte de la justice humaine, ou de quelque dommage, ou de quelque blâme, ne vienne pas à la traverse. Par où l'on voit qu'un païen, à l'égard des mœurs, ne vaut pas nécessairement plus qu'un athée.

*

* *

4) Diderot, *Addition aux Pensées philosophiques*, « Pensée philosophique », GF-Flammarion, 2007, p. 170. La fable du misanthrope[1].

Dans ce texte, sans doute écrit vers 1765, Diderot rejoint le courant philosophique qui affirme que la religion est une invention humaine, au contenu obscur, rempli de chimères incompréhensibles qui nécessitent des interprètes qui assoient ainsi leur pouvoir néfaste, en recourant à la fable d'un misanthrope. Il veut en montrer le caractère fondamentalement hostile à l'humanité et l'esprit de ressentiment qui l'anime.

Un homme avait été trahi par ses enfants, par sa femme et par ses amis ; des associés infidèles avaient renversé sa fortune et l'avaient plongé dans la misère. Pénétré d'une haine et d'un mépris profond pour l'espèce humaine, il quitta la société et se réfugia seul dans une caverne. Là, les poings appuyés sur les yeux, et méditant une vengeance proportionnée à son ressentiment, il disait : « Les pervers ! Que ferai-je pour les

1. D'Holbach, dans le *Système de la nature*, a lui aussi recours à la fable du misanthrope, dans le cadre d'un chapitre consacré à montrer que les « idées confuses et contradictoires de la théologie » sont responsables des violentes disputes et des misères humaines.

punir de leurs injustices, et les rendre tous aussi malheureux qu'ils le méritent ? Ah ! s'il était possible d'imaginer… de les entêter d'une grande chimère à laquelle ils missent plus d'importance qu'à leur vie, et sur laquelle ils ne pussent jamais s'entendre !... » À l'instant il s'élance de la caverne en criant : « Dieu ! Dieu ! » Ce nom redoutable est porté d'un pôle à l'autre et partout écouté avec étonnement. D'abord les hommes se prosternent, ensuite ils se relèvent, s'interrogent, disputent, s'aigrissent, s'anathématisent, se haïssent, s'entr'égorgent, et le souhait fatal du misanthrope est accompli. Car telle a été dans le temps passé, et telle sera dans le temps à venir, l'histoire d'un être toujours également important et incompréhensible.

*

* *

5) D'HOLBACH, *SYSTÈME DE LA NATURE* (1770), « L'athéisme est-il compatible avec la morale ? ».

Le *Système de la nature* est la dernière grande œuvre des « Lumières radicales », matérialistes et athées. D'Holbach présente dans un système cohérent, à vocation didactique et prosélyte, un athéisme reposant sur une conception matérialiste, moniste de la nature.

Voir *Système de la nature*, 2e partie, chapitre 3, édition de Jean-Pierre Jackson, Alive, 1999, p. 440-441.

L'effort de d'Holbach est orienté vers la défense d'une morale naturelle, c'est-à-dire fondée sur la nature de l'homme (ses besoins et ses passions, sa raison et son intérêt) et en accord avec son dynamisme propre qui consiste à être heureux ici-bas avec les autres. Inévitablement, d'Holbach retrouve les débats qui agitèrent les milieux de libres-penseurs, libertins, sceptiques, matérialistes depuis la fin du XVIIe siècle : quelle valeur attribuer à la morale chrétienne, l'athéisme est-il moral, une société d'athées est-elle concevable et souhaitable ?

[...] Un athée est un homme qui connaît la nature et ses lois, qui connaît sa propre nature, qui sait ce qu'elle lui impose ; un athée a de l'expérience, et cette expérience lui prouve à chaque instant que le vice peut lui nuire, que ses fautes les plus cachées, que ses dispositions les plus secrètes peuvent se déceler et se montrer au grand jour. Cette expérience lui prouve que la société est utile à son bonheur, que son intérêt exige donc qu'il s'attache à la patrie qui le protège et qui le met à portée de jouir en sûreté des biens de la nature. Tout lui montre que pour être heureux, il doit se faire aimer ; que son père est pour lui le plus sûr des amis, que l'ingratitude éloignerait son bienfaiteur de lui, que la justice est nécessaire au maintien de toute association, et que nul homme, quelle que soit sa puissance, ne peut être content de lui-même quand il sait être l'objet de la haine publique.

Celui qui a mûrement réfléchi sur lui-même, sur sa propre nature et sur celle de ses associés, sur ses propres besoins, sur les moyens de se les procurer, ne peut s'empêcher de connaître des devoirs, de découvrir et ce qu'il se doit à lui-même et ce qu'il doit aux autres. Il a donc une morale, il a des motifs réels pour s'y conformer ; il est forcé de sentir que ces devoirs sont nécessaires, et si sa raison n'est pas troublée par des passions aveugles ou par des habitudes vicieuses, il sentira que la vertu est pour tout homme la route la plus sûre à la félicité. L'athée ou le fataliste fondent tous leurs systèmes sur la nécessité ; ainsi leurs spéculations morales, fondées sur la nécessité des choses, sont au moins bien plus fixes et plus invariables que celles qui ne portent que sur un dieu changeant d'aspect suivant les dispositions et les passions de tous ceux qui l'envisagent. La nature des choses et ses lois immuables ne sont point sujettes à varier ; l'athée est toujours forcé de nommer vice et folie ce qui lui nuit à lui-même, de nommer crime ce qui nuit aux autres, de nommer vertu ce qui leur est avantageux ou ce qui contribue à leur bonheur durable.

On voit donc que les principes de l'athée sont bien plus inébranlables que ceux de l'enthousiaste, qui fonde sa morale sur un être imaginaire dont l'idée varie si souvent, même au-dedans de son propre cerveau. Si l'athée nie l'existence d'un dieu, il ne peut nier son existence propre, ni celle des êtres semblables à lui dont il se voit entouré ; il ne peut douter des rapports qui subsistent entre eux et lui ; il ne peut point douter de la nécessité des devoirs qui découlent de ces rapports ; il ne peut donc point douter des principes de la morale, qui n'est que la science des rapports subsistant entre les êtres vivants en société. Si, content d'une spéculation stérile de ses devoirs, l'athée ne s'applique point à sa conduite, si entraîné par ses passions ou par des habitudes criminelles, livré à des vices honteux, jouet d'un tempérament vicieux, il paraît oublier ses principes moraux, il ne s'ensuivra pas qu'il n'a point de principes, ou que ses principes sont faux ; on pourra seulement en conclure que, dans l'ivresse de ses passions, dans le trouble de sa raison, il ne met point en pratique des spéculations très vraies, qu'il oublie des principes certains pour suivre des penchants qui l'égarent.

En effet, rien de plus commun parmi les hommes qu'une discordance très marquée entre l'esprit et le cœur, c'est-à-dire entre le tempérament, les passions, les habitudes, les fantaisies, l'imagination et l'esprit, ou le jugement aidé de la réflexion. Rien de plus rare que de trouver ces choses d'accord ; c'est alors que l'on voit la spéculation influer sur la pratique. Les vertus les plus sûres sont celles qui sont fondées sur le tempérament des hommes. Ne voyons-nous pas en effet tous les jours les mortels en contradiction avec eux-mêmes ? Leur jugement ne condamne-t-il pas sans cesse les écarts auxquels leurs passions les livrent ? En un mot, tout ne nous prouve-t-il pas que les hommes, avec la meilleure théorie, ont quelquefois la pratique la plus mauvaise, et avec la théorie la plus vicieuse ont souvent la conduite la plus estimable. Dans les superstitions les plus aveugles, les plus atroces, les plus contraires à la raison, nous rencontrons des hommes vertueux ; la douceur de leur caractère, la sensibilité de leur cœur, la bonté de leur tempérament les ramènent à l'humanité et aux lois de leur nature, en dépit de leurs spéculations forcenées. Parmi les adorateurs d'un dieu cruel, vindicatif et jaloux, nous trouvons des âmes paisibles, ennemies de la persécution, de la violence, de la cruauté ; et parmi les sectateurs d'un dieu rempli de miséricorde et de clémence, nous voyons des monstres de barbarie et d'inhumanité. Cependant, les uns et les autres reconnaissent que leur dieu doit leur servir de modèle : pourquoi ne s'y conforment-ils donc pas ? C'est que le tempérament de l'homme est toujours plus fort que ses dieux ; c'est que les dieux les plus méchants ne peuvent pas toujours corrompre une âme honnête, et que les dieux les plus doux ne peuvent corriger des cœurs emportés par le crime. L'organisation sera toujours plus puissante que la religion ; les objets présents, les intérêts momentanés, les habitudes enracinées, l'opinion publique, ont bien plus de pouvoir que des êtres imaginaires ou que des spéculations qui dépendent elles-mêmes de cette organisation.

[…] Si l'on daignait examiner les choses de sang-froid, on trouverait que le nom de Dieu ne servit jamais sur la terre que de prétexte aux passions des hommes. L'ambition, l'imposture et la tyrannie se sont liguées pour s'en servir conjointement, afin d'aveugler les peuples et de les tenir sous le joug. Le monarque s'en sert pour donner un éclat divin à sa personne, la sanction du Ciel à ses droits, le ton des oracles à ses fantaisies les plus injustes et les plus extravagantes. Le prêtre s'en sert pour faire valoir ses prétentions, afin de contenter impunément son avarice, son orgueil et son indépendance. Le superstitieux vindicatif et colère se sert de la cause de son dieu pour nous donner un libre cours à sa vengeance, à sa cruauté, à ses fureurs, qu'il qualifie de zèle. En un mot, la religion est dangereuse parce qu'elle justifie et rend légitimes ou louables

les passions et les crimes dont elle recueille les fruits. Suivant ses ministres, tout est permis pour venger le Très-haut ; ainsi la divinité ne semble faite que pour autoriser et pallier les forfaits les plus nuisibles. L'athée, quand il commet des crimes, ne peut du moins prétendre que c'est son dieu qui l'ordonne et qui l'approuve ; c'est l'excuse que tous les jours le superstitieux nous donne de sa méchanceté, le tyran de ses persécutions, le prêtre de sa cruauté et de sa sédition, le fanatique de ses excès, le pénitent de son inutilité.

« Ce ne sont point, dit Bayle, les opinions générales de l'esprit qui nous déterminent à agir, mais les passions. » L'athéisme est un système qui d'un homme honnête ne fera point un méchant homme, et qui d'un méchant homme ne fera pas un homme de bien. « Ceux, dit le même auteur, qui avaient embrassé la secte d'Épicure, n'étaient pas devenus débauchés parce qu'ils avaient embrassé la doctrine d'Épicure, mais ils n'avaient embrassé la doctrine d'Épicure mal entendue que parce qu'ils étaient débauchés. » De même, un homme pervers peut embrasser l'athéisme parce qu'il se flattera que ce système mettra ses passions en pleine liberté ; il se trompera néanmoins. L'athéisme, bien entendu, est fondé sur la nature et la raison, qui jamais, comme la religion, ne justifieront et n'expieront les crimes des méchants.

De ce qu'on a fait dépendre la morale de l'existence et de la volonté d'un dieu que l'on proposa pour modèle aux hommes, il résulta sans doute un très grand inconvénient. Des âmes corrompues venant à découvrir combien toutes ces suppositions sont fausses ou douteuses, lâchèrent la bride à tous leurs vices, conclurent qu'il n'y avait point de motifs plus réels pour faire le bien, s'imaginèrent que la vertu, comme les dieux, n'était qu'une chimère, et qu'il n'y avait point en ce monde de raison pour la pratiquer. Cependant, il est évident que ce n'est point comme créatures d'un dieu que nous sommes tenus de remplir les devoirs de la morale ; c'est comme hommes, comme des êtres sensibles vivant en société et cherchant à se conserver dans une existence heureuse, que la morale nous oblige. Soit qu'il existe un dieu, soit qu'il n'en existe point, nos devoirs seront les mêmes, et notre nature consultée nous prouvera que le vice est un mal, et que la vertu est un bien réel.

Si donc il s'est trouvé des athées qui aient nié la distinction du bien et du mal, ou qui aient osé frapper les fondements de toute morale, nous devons en conclure que sur ce point ils ont très mal raisonné, qu'ils n'ont point connu la nature de l'homme, ni la vraie source de ses devoirs ; qu'ils ont faussement supposé que la morale, ainsi que la théologie, n'était qu'une science idéale, et que les dieux une fois détruits, il ne restait plus de nœuds pour lier les mortels. Cependant la moindre réflexion leur eût prouvé que la morale est fondée sur des rapports immuables subsistant entre des êtres sensibles, intelligents, sociables, que sans vertu, nulle société ne peut se maintenir, que sans mettre un frein à ses désirs, nul homme ne peut se conserver. Les hommes sont contraints par leur nature d'aimer la vertu et de redouter le crime, par la même nécessité qui les oblige à chercher le bien-être et à fuir la douleur ; cette nature les force à mettre de la différence entre les objets qui leur plaisent et ceux qui leur nuisent. Demandez à un homme assez insensé pour nier la différence du vice et de la vertu, s'il lui serait indifférent d'être battu, volé, calomnié, payé d'ingratitude, déshonoré par sa femme, insulté par ses enfants, trahi par son ami ? Sa réponse vous prouvera que, quoi qu'il en puisse dire, il met de la différence entre les actions des hommes, et que la distinction du bien et du mal ne dépend nullement, ni des conventions des hommes, ni des idées que l'on peut avoir sur la divinité, ni des récompenses ou des châtiments qu'elle prépare dans une autre vie.

Au contraire, un athée qui raisonnerait avec justesse devrait se sentir bien [plus] intéressé qu'un autre à pratiquer les vertus auxquelles son bien-être se trouve attaché dans ce monde. Si ses vues ne s'entendent pas au-delà des bornes de son existence présente, il doit au moins désirer de voir couler ses jours dans le bonheur et dans la paix. Tout homme qui dans le calme des passions se repliera sur lui-même, sentira que son intérêt l'invite à se conserver, que sa félicité demande qu'il prenne les moyens nécessaires pour jouir paisiblement d'une vie exempte d'alarmes et de remords. L'homme doit quelque chose à l'homme, non parce qu'il offenserait un dieu s'il nuisait à son semblable, mais parce que, en lui faisant injure, il offenserait un homme et violerait les lois de l'équité, au maintien desquelles tout être de l'espèce humaine se trouve intéressé.

*

* *

6) D'HOLBACH, *LE BON SENS OU IDÉES NATURELLES OPPOSÉES AUX IDÉES SURNATURELLES*, 1772

Composé de brefs paragraphes, ce texte présente sous une forme ramassée et étincelante les arguments essentiels du matérialisme et de l'athéisme. Outre la dénonciation du caractère impraticable de la morale de l'Évangile, il est intéressant de trouver la reprise d'une thèse de Bayle sur l'indépendance des conduites par rapport aux opinions. Il faut cependant relever que sous la plume de d'Holbach qui dogmatise, elle ne va pas sans poser un problème : si les hommes ne sont pas influencés par leurs opinions, comment expliquer que par ailleurs on cherche à les convaincre de la fausseté et de la nocivité du christianisme et qu'on attende qu'ils adoptent le système de l'athéisme ? Il est vrai que selon d'Holbach l'athéisme n'est pas à la portée de tout le monde. Ce qui signifie que seule une élite « éclairée » peut être athée à qui il reviendra de réformer la société conformément aux principes de la morale naturelle sans Dieu.

Chap. CLXI.
« La morale de l'Évangile est impraticable »

Les sectateurs du Christ voudraient nous faire regarder comme un miracle l'établissement de leur religion, qui se montre en tout contraire à la nature, opposée à tous les penchants du cœur, ennemie des plaisirs des sens. Mais l'austérité d'une doctrine ne la rend que plus merveilleuse aux yeux du vulgaire. La même disposition qui fait respecter comme divins et surnaturels, des mystères inconcevables, fait admirer comme divine et surnaturelle, une morale impraticable et supérieure aux forces de l'homme.

Admirer une morale et la mettre en pratique, sont deux choses très différentes. Tous les chrétiens ne cessent d'admirer et de vanter la morale de l'Évangile, mais elle n'est pratiquée que par un très petit nombre de saints, admirables pour des gens qui se dispensent eux-mêmes d'imiter leur conduite, sous prétexte que la force ou la grâce leur manquent.

Tout l'univers est infecté plus ou moins d'une morale religieuse fondée sur l'opinion que, pour plaire à la divinité, il est très nécessaire de se rendre malheureux sur la terre. On voit, dans toutes les parties de notre globe, des pénitents, des solitaires, des *fakirs,* des fanatiques, qui semblent avoir profondément étudié les moyens de se tourmenter, en l'honneur d'un être dont tous s'accordent à célébrer la bonté ! La religion, par son essence, est l'ennemie de la joie et du bien-être des hommes. *Bienheureux sont les pauvres ! Bienheureux sont ceux qui pleurent ! Bienheureux sont ceux qui souffrent !* Malheur à ceux qui sont dans l'abondance et dans la joie ! Telles sont les rares découvertes que le christianisme annonce ! [...]

Chap. CLXXXI.
« Les opinions influent rarement sur la conduite »

Rien de plus rare au monde que des hommes conséquents. Leurs opinions n'influent sur leur conduite, que lorsqu'elles se trouvent conformes à leur tempérament, à leurs passions, à leurs intérêts. Les opinions religieuses, d'après l'expérience journalière, produisent beaucoup de mal contre très peu de bien ; elles sont nuisibles, parce qu'elles s'accordent fort souvent avec les passions des tyrans, des ambitieux, des fanatiques et des prêtres ; elles ne sont d'aucun effet, parce qu'elles sont incapables de contrebalancer les intérêts présents du plus grand nombre des hommes. Les principes religieux sont toujours mis de côté, quand ils s'opposent à des désirs ardents ; sans être incrédule, on se conduit alors comme si l'on ne croyait rien.

On risquera toujours de se tromper, quand on voudra juger des opinions des hommes par leur conduite, ou de leur conduite par leurs opinions. Un homme très religieux, nonobstant les principes insociables et cruels d'une religion sanguinaire, sera quelquefois, par une heureuse inconséquence, humain, tolérant, modéré ; pour lors les principes de sa religion ne s'accordent pas avec la douceur de son caractère. Un libertin, un débauché, un hypocrite, un adultère, un fripon, nous montreront souvent qu'ils ont les idées les plus vraies sur les moeurs. Pourquoi ne les mettent-ils pas en pratique ? C'est que leur tempérament, leurs intérêts, leurs habitudes ne s'accordent point avec leurs théories sublimes. Les principes sévères de la morale chrétienne que tant de gens font passer pour divine, n'influent que très faiblement sur la conduite de ceux qui les prêchent aux autres. Ne nous disent-ils pas tous les jours, *de faire ce qu'ils prêchent, et de ne pas faire ce qu'ils font ?*

Les partisans de la religion désignent assez communément les incrédules sous le nom de *libertins.* Il peut très bien se faire que beaucoup d'incrédules aient des mœurs déréglées ; ces mœurs sont dues à leur tempérament, et non à leurs opinions. Mais que fait leur conduite à ces opinions ? Un homme sans mœurs ne peut-il donc pas être bon médecin, bon architecte, bon géomètre, bon logicien, bon métaphysicien, bon raisonneur ? Avec une conduite irréprochable, on peut être un ignorant sur bien des choses et raisonner très mal. Quand il s'agit de la vérité, il nous importe peu de qui elle nous vienne. Ne jugeons pas des hommes par leurs opinions, ni des opinions par les hommes : jugeons des hommes par leur conduite, et de leurs opinions par leur conformité avec l'expérience, la raison, l'utilité du genre humain.

BIBLIOGRAPHIE

Éditions

Œuvres philosophiques, textes établis avec introduction, bibliographie et notes par Paul Vernière, Paris, Garnier, 1956 ; rééd. 1990.

Œuvres complètes, édition de Roger Lewinter, Paris, Club français du livre, 1969-1973.

Œuvres, édition établie par Laurent Versini, Paris, Robert Laffont, « Bouquins », 1994-1997, 5 vol. *L'Entretien d'un philosophe avec Madame la Maréchale de* *** se trouve dans le tome I, *Œuvres philosophiques.*

Entretien d'un philosophe avec Madame la Maréchale de ***, texte établi par Roland Desné et Didier Kahn, commentaire de Roland Desné et Gerhardt Stenger avec la collaboration de Georges Dulac, Paris, Hermann, 2009.

Sources

Évangile selon saint Matthieu, Bible de Jérusalem, éditions du Cerf, 1991.

Blaise Pascal, *Pensées*, GF-Flammarion, 1976.

Pierre Bayle, *Pensées diverses sur la comète*, 2 tomes, édition de Pierre Rétat, Paris, Librairie Nizet, 1984 ; GF-Flammarion, 2007.

Paul Henri Thiry d'Holbach, *Système de la nature, Œuvres philosophiques complètes*, t. II, édition de Jean-Pierre Jackson, Paris, Alive, 1999.

–, *Le bon sens, Œuvres philosophiques complètes*, t. III, édition de Jean-Pierre Jackson, Paris, Alive, 2001.

–, *Le bon sens*, édition de Jean Deprun, Paris, Editions rationalistes, 1971.

ÉTUDES

Colas Duflo, *Diderot philosophe*, Paris, Honoré Champion, 2003.

Roland Desné, Introduction de l'*Entretien d'un philosophe avec Madame la Maréchale de* ***, Paris, Hermann, 2009.

TABLE

Composition et mise en pages

NORD COMPO
multimédia

N° d'édition : L.01EHPN000241. C002
Dépôt légal : septembre 2009
Imprimé en Espagne par Novoprint (Barcelone)